EntreMeios

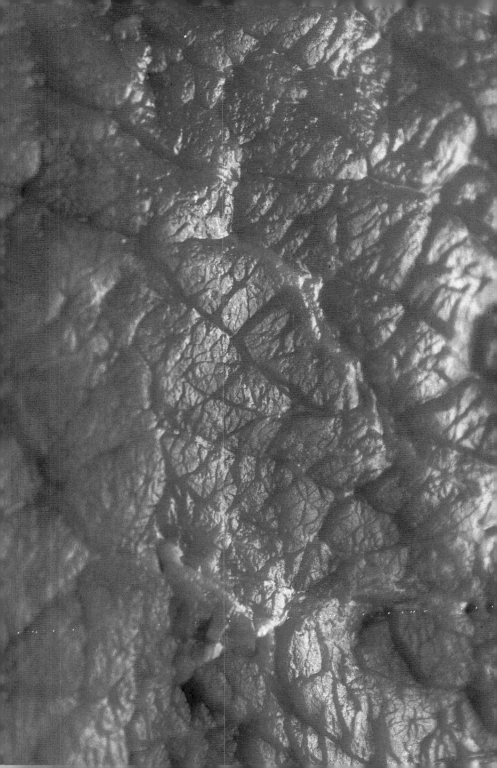

EntreMeios *Cássia Penteado*

Copyright © 2018 Cássia Penteado
EntreMeios © Editora Reformatório

Editores
Marcelo Nocelli
Rennan Martens

Revisão
Marcelo Nocelli
Natália Souza

Imagem de capa
Pedro Penteado Valente

Design e editoração eletrônica
Negrito Produção Editorial

Dados Internacionais de Catalogação na Publicação (CIP)
Bibliotecária Juliana Farias Motta (CRB 7/5880)

Penteado, Cássia
    EntreMeios / Cássia Penteado. – São Paulo: Reformatório, 2018.
    128 p.; 14 x 21 cm.

    ISBN 978-85- 66887-46-4

    1. Romance brasileiro. 1. Título.
P419e   CDD B869.3

Índice para catálogo sistemático:
1. Romance brasileiro

Todos os direitos desta edição reservados à:

EDITORA REFORMATÓRIO
www.reformatorio.com.br

*Aos meus filhos Francisco, Pedro e
Manuela, a quem muito amo,
e ao Ronaldo, que é o meu amor.*

"Eu sou trezentos, sou trezentos e cinquenta,
Mas um dia afinal eu toparei comigo...
Tenhamos paciência, andorinhas curtas,
Só o esquecimento é que condensa,
E então minha alma servirá de abrigo."

MÁRIO DE ANDRADE

Tenho saudade dele.

Vontade de repousar o nariz em seu pescoço, assim, bem no sopé do cabelo, logo atrás da orelha. E aí me vem a imagem da pele rosada, da farta cabeleira ruiva, e me sinto em casa. Preciso também, frequentemente, encostar os seios no peito dele, ou nas costas; apertar forte, como tratamento de choque para manter-me viva, mesmo quando, exausto, ele não percebe que estou prestes a morrer. Sirvo-me de seus beijos como máscara de oxigênio, e o hálito quente aquece-me como esta xícara aquece minhas mãos, agora.

Mordo a tortilha redonda de relevo quadriculado, depois de tê-la deixado por instantes sobre o chá fumegante a derreter a fina camada de caramelo que a reveste. Fiz no melhor estilo holandês, como se tivesse sempre nascido em Amsterdã.

Levanto-me, vou até a varanda. Meu olhar desce pelo gramado e mais abaixo refugia-se sob as mangueiras; o pé de jambo e o tamarineiro que garantem gosto de fruta e frescor de sombra nas tardes de verão. A rama de bucha súbito corria viçosa pela cerca de arame farpado. Fico imaginando toda a extensão coberta pela ramagem. Ouço o trotar das vacas leiteiras rompendo o silêncio surdo do fim da tarde; sem se importar com a minha presença, uma delas arranca a planta com um golpe de cabeça e, no impulso, acelera o passo na jornada de volta ao curral. Vai arrastando a trepadeira para dentro de si, para o interior dotado de manivelas. Deixa para trás o traseiro ossudo, cheiro de mato pisado e minha boca entreaberta.

Volto para o ateliê apenas para trancar a porta. É meu reduto, onde algumas vezes refugio-me para recuperar o vigor desbotado no alvoroço da cidade grande. Repasso os olhos por cada tela começada e me vejo no purgatório criado e eleito por mim. Outra temporada infecunda.

Se Andrew estivesse aqui, a noite seria mais breve. Por hora, resta-me o concerto das cigarras, dos grilos, o coro dos sapos; o riscado da dança dos vagalumes sob as estrelas.

Apenas a luz tímida do abajur interrompe o silêncio da noite. Remoo a colcha estendida sobre o perfume dos lençóis. Abro a cama e me sento desalinhando o colchão. Puxo um pouco mais as cobertas e enfio os pés no recôncavo ainda fresco. Cubro-me. Na altura do pescoço, ajeito o travesseiro e deito nele as asperezas do dia. Respiro fundo. Deixo-me ficar por um instante.

Sobre o criado-mudo, ao lado da cama, o romance começado e o vazio da leitura atrasada. Algumas páginas seguem corridas, depois flutuam. As palavras perdem sentido fora do alcance do feixe de luz. Elas se misturam em outros parágrafos, embaralham-se no texto. Mancomunadas com o movimento autônomo das minhas pálpebras e o fraquejar da minha mão, provocam múltiplas ausências. Por fim, o braço, guindaste desgovernado, despenca ao lado do corpo inerte. Minha mão ultrapassa os limites da cama ao abrir-se, desfalecida, e o romance sobrevive estatelado no chão.

A luz tênue da manhã invade meu quarto pelas frestas da persiana.

Viro um copo de leite morno espumando, ainda bem cedo, no curral mesmo. Recebo, pelas mãos gastas de Sebastião, frutas e verduras recém-colhidas para levar comigo e os comprovantes das despesas e entradas do período durante o qual estive ausente. Entrego a ele, por escrito, o relatório dos planos concluídos na noite anterior; a ordem da reforma dos pastos, o manejo do gado, o controle da erosão. Fazemos isso sempre no último dia do mês.

Tomo banho de água mineral e, de saída, café com cavaca fresca.

Sebastião carrega a *van*, abre a porteira e acena para mim com o chapéu de palha. Nesses quase vinte anos, não tenho na memória imagem dele sem aquele sorriso branco rasgando o rosto moreno castigado de sol. Lembrança boa a acompanhar-me na longa estrada de volta para casa.

Um bom trecho do caminho é de terra; até Meridiano, cidadezinha tranquila e acolhedora, mas pouco acostumada com mulheres sozinhas, administradoras de propriedade rural, vindas de cidades grandes e, principalmente, as que dirigem *vans*.

Estaciono o carro bem em frente ao único bar da cidade. Já com dinheiro na mão, entro a passos largos, séria, mirando apenas os olhos do balconista. Ouço reinar o silêncio e a perplexidade nas mesas abarrotadas de peões bebendo cachaça, todos entre o bege e o marrom. Pego meus corações de doce de abóbora, alguns retângulos de batata-doce branca e outros verde-claros de cidra. Um pacote de biscoito de polvilho, uma garrafa de guaraná. Entrego o dinheiro e saio por onde entrei. Quando era menina, meu pai jamais permitiu minha entrada em bares, sequer em padarias.

Não posso partir sem esses regalos da minha infância, e essa transgressão diverte-me.

Lá no quilômetro quinhentos e tantos da Rodovia Euclides da Cunha, rio de mim mesma engolindo um pedaço de coração. Ri, apesar do malogro ancorado em mim. Há meses subsisto em aridez criativa. No ateliê, deixei as telas em branco, o barro intacto. Nem mesmo essa viagem parece servir para reconduzir-me.

De volta à São Paulo, não me demorei a realizar os exames pedidos. Depositei dentro de um recipiente o frasco de urina e em outra sala deixei vinte e três pequenos tubos de ensaio repletos de sangue. Sinto alegria pueril ao entrar na fila para receber o lanche de cortesia depois de 14 horas em jejum.

Sempre consultei apenas ginecologista, mas alguns sinais inéditos de saúde debilitada obrigam-me a contar também com os cuidados de um clínico geral. Ter alguém, finalmente, ultrapassando as barreiras separatistas de mamas, ovários, útero e vagina de todo o resto de mim.

Lá fora, quando cheguei, o dia amanhecera gelado e sisudo; agora, desdobra-se em ardente abraço ensolarado e vem ao meu encontro na saída do Hospital Sírio-Libanês. Típica manhã de inverno na capital paulistana. Um rapaz gentil abre para mim a porta do táxi. Antes de entrar, termino de ler as mensagens de Andrew no celular. Ele tinha duas semanas de lacuna na agenda de concertos e viria para o Brasil. Poderíamos ficar juntos, ele diz.

Busco o horizonte possível no final da rua Dona Adma Jafet, para dar vazão ao sorriso; meus olhos cruzam-se com os de um estranho e se unem num magnetismo inevitável. Mandíbulas rígidas movimentam-se em câmera lenta. Testemunho o apogeu de tensão daquele rosto belo e jovem, alternando-se no tremor dos lábios, no sacudir das maçãs das faces avermelhadas, no desgrenhar dos cabelos negros e lisos cada vez que um de seus pés impacta alucinadamente o chão. Logo em seguida, um estalo, um solavanco; um urro surdo e o olhar estatelado ainda suplica pelo meu. O corpo cai aos meus pés. Inerte. No vácuo do mesmo instante, sucede-se uma rajada de ódio, três tiros desferidos à queima-roupa tingem a cena de sangue. Ele é massa quente e disforme escorrendo dos meus sapatos, respingada em minhas pernas, em meus braços, no meu rosto. Um aglomerado de coágulos deslizando pelo meio-fio da calçada. Vermelho.

Andrew vive em Manhattan, é pianista e vocalista talentoso. Nos conhecemos quando realizei minha primeira exposição individual na Galeria Lehmann Maupin, à Rua Chrystie, no lado oeste da ilha. Ele já havia morado em Recife, onde aprendeu a falar e a cantar em português fluente, sem jamais abandonar o sotaque digno de atiçar meus sentidos. Encerramos aquela noite na galeria com algumas telas vendidas, várias propostas, muitos contatos e uma pequena recepção no apartamento de Mário, amigo em comum, que nos aproximou.

Chamado ao piano, Andrew despeja charme temperado de talento e *jazz*. Brinda minha estreia com a clássica "Garota de Ipanema" e despede-se de mim com a provocação dos versos de "Manhã de carnaval".

Naquela mesma noite, Ele chega sem avisar, no horário aproximado. Sobe pelas escadas externas do prédio, atiçando a curiosidade da senhora costureira do primeiro andar. Não é notado pelo garoto do segundo que, entorpecido, joga *videogame*. O prédio é estreito, textura bege na cor, cortado no alto horizontalmente por vidros leitosos em quase toda a extensão; no centro, a porta de aço é interrompida por amplos visores. À esquerda, lê-se, em preto, o número 201. Ladeado por edifícios idênticos, de tijolos à vista com janelas de guilhotina, onde a multiplicidade de cortinas brancas vem desvelar ingenuamente a intimidade de cada apartamento. No terceiro andar, à direita, a metade de baixo da guilhotina parece emperrada, abre apenas um quarto da janela.

A cortina de *voil*, fechada desde cima, fora agarrada pela cintura e presa lateralmente contra a parede; ficou como uma franja ondulada na testa, presa atrás da orelha e as pontas soltas. A outra metade também descia reta na intenção de cobrir todo o vão que lhe cumpria. Cobriria um olho se solta no meio do rosto.

Conduzidos por dedos amestrados, os fios percorrem o contorno da cabeça até serem presos displicentemente a meia altura. Deixam mechas soltas de cortina voarem ao sabor da brisa, adornando o rosto corado da mulher encontrada logo mais atrás, deitada sobre a cama, seminua, à espera de seu parceiro.

Úmida.

O amante, por fim, invade o quarto da mulher pelo vão da guilhotina emperrada, derrama a cortina sobre a vista de fora e, aos pés da cama, deixa cair a capa de chuva.

Sim, havia uma nova canção em minha vida, provinda do homem cujos dedos percorrem com intimidade o teclado do piano, cuja voz inunda-me com a intensidade de um tsunami. Vejo a sedução confessa no rosto contrito e no desejoso jorrar da translucidez azul de seu olhar. Desde então, registramos a exoticidade de nossos encontros em cada

ENTREMEIOS

continente do planeta, onde quer que ele se apresente ou eu exponha meus trabalhos.

Foi esse o mote que deu origem à série *Intimidades visíveis*, que mais tarde também expus ali.

Há oito anos, Andrew tem sido meu companheiro e é ele quem vejo ao abrir os olhos nessa manhã opaca.

– *How are you, Sweet Moon?*

Sinto-me como uma folha de papel reciclada. Prensada e seca. Meu corpo dói e a cabeça pesa oca. Faço sinal para que se aproxime, abraço-o, aperto os seios contra aquele corpo, repouso o nariz no pescoço dele, sinto o perfume dos cachos ruivos, o toque da pele rosada. Respondo depois de longo suspiro:

– *My Sunset!*

Soube, então, ter presenciado o desfecho de um crime e entrado em estado de choque. Havia permanecido sedada por alguns dias, pois acordava aos gritos e chorava copiosamente. Meu estado físico de agora confirma a versão dos fatos, embora tenha me esvaziado de todas essas memórias e a presença de Andrew encoraje-me a seguir adiante, ainda que sobre um rastro de estranhamento e embaraço. Exatamente como exigiria meu querido pai. E confesso que tentei. Somente para honrá-lo. Criou-me sozinho, após um acidente ter tirado a vida de mamãe, a mulher que ele mais amou, ainda em minha meninice. Zelou por mim como se eu fosse a fusão de frágil orquídea com turmalina inestimável, ou, simplesmente, o que restara dela. Cuidou de mim o quanto pôde. Por ele, reajo. Recuso entorpecentes que me convergem à conveniência da ignorância e do silêncio.

Cuido de recompor-me nas águas de um banho morno; ungir e perfumar a pele com óleo de amêndoas. Massageio os cabelos. Olho para o espelho e me vejo novamente desejável e atraente. Disfarço as olheiras com um bom corretivo, um traço marrom ao redor dos olhos; o rímel faz sobressair o olhar. Um leve rosado nas faces expulsa a palidez do rosto. Hidrato os lábios. Visto o roupão. Abro a porta do banheiro e Andrew vasculha-me da cama. Abeiro-me dele e ouço, no limiar de ter meus seios em suas mãos:

— *You are beautiful... I missed you.*

Aquela foi a primeira noite que adormeci sem o auxílio de calmantes. Não dormi tão bem quanto disse a Andrew, pela manhã. Sonhos incongruentes e desagradáveis chacoalharam-me no leito incontáveis vezes durante o sono. Num deles, eu tinha o nariz encostado no chifre de um rinoceronte, úmido e áspero. Podia sentir seu hálito fétido, mas não alcançava a expressão de seus olhos localizados mais para os lados da imensa cabeça, que não cabia dentro do meu olhar. Exalava ira da armadura de sua pele espessa e pregueada enquanto raspava o chão, lenta e compassivamente, com as patas traseiras. A nuvem de poeira levanta-se na savana e desbota a paisagem. Meu corpo arde como um *iceberg*. Tomo distância e percebo outro chifre na mesma cabeça, e mais outro, e outros dez, vinte... Inúmeros. Levanto o olhar e incontáveis chifres brotam do mesmo membro, avançam por todo corpo e silenciosamente ameaçam. Do alto, a sombra de alguém como Ícaro surge anoitecendo a terra. Em seus braços, alço voo de costas para o vento e diante de meus olhos, um a um, os chifres tornam-se espinhos; menores e menores, espinhos do tronco de uma paineira, que de longe ameaça.

Já havia suportado fases piores de pesadelos. Sobreviveria.

Os dias seguintes foram longos e as noites tortuosas. Andrew revelara-se extremamente cuidadoso e esse zelo excessivo começa a incomodar, faz-me sentir frágil, inválida, descontrolada. Mas contenho-me.

O vestido desta noite já estava escolhido, assim como os sapatos e o belo par de brincos. Andrew nunca esteve tão atraente e animado. Aguarda-me pacientemente. Diz coisas doces e excede nas gentilezas. Irrita-me! Meu estômago abriga redemoinhos. Fecho a porta do banheiro atrás das costas. Arfando, molho o rosto, pescoço e nuca e, no frescor da água corrente, descanso os pulsos. Uma tentação sonda-me e eu a repudio fechando os olhos e baixando a cabeça. Fecho a torneira. Acalanto-me na escuridão das felpas macias da toalha branca ao pressioná-la contra o rosto. Prendo a respiração. Depois, passo a respirar lentamente, com o rosto ainda protegido; volto a atenção ao movimento do fluxo de ar frio entrando pelas minhas narinas, sinto o calor que expiro e repito, algumas vezes, esse ritual de oxigenação e paz. Acalmo-me. Por fim, abaixo os braços lentamente, afastando a toalha, e levanto as pálpebras até obter, no espelho, uma turva imagem de mim. Borrifo, na face, o tônico. Passo creme hidratante com efeito rejuvenescedor, sinto o rosto formigar e fico alguns anos mais nova, instantaneamente; é o que prometem. Um *primer*, e uma base segunda pele para aveludar-me. Um corretivo esconde as olheiras já bem mais acanhadas, até as bolsas sob os olhos intimidam-se e enco- lhem. Pinto os olhos. Gosto de destacá-los, de enegrecer os cílios. Um pincel colore e enfatiza os ângulos de minha face. Aplico gel para aumentar os lábios. Tenho boca carnuda, volumosa. Chego perto do espelho e me admiro dela. Tateio a pia em busca do batom. Uso o vermelho vivo, vermelho sangue em meus lábios carne, e *flashes* vêm-me à mente, um aglomerado vermelho pulsante, de coágulos de sangue misturando-se à boca volumosa; vejo meu rosto estático res- pingado de pânico, o olhar alanceado de um desconhecido. Sangue. Eu menina petrificada em vermelho. Sangue. Lábios coagulados no espelho tingem braços, pernas, sapatos. Meu estômago contrai-se. Regurgito.

Andrew chega para me resgatar daquela cena bizarra. Da cascata de *flashes* aterrorizantes arrastando situações e épocas de minha vida para um encontro tortuoso nas águas mais profundas dos meus pesadelos.

Volto a vomitar.

Caminho pela senda antagônica dos meus sentimentos diante da proximidade do regresso de Andrew a Nova York. Pela primeira vez, em oito anos, desejo distanciar-me dele. Tê-lo testemunhando meus avessos, desconforta-me.

Há um tom de sinceridade e um reflexo de hábito contaminado com benevolência, na sugestão para que eu o acompanhe; a solidariedade do homem amado agora me causa repulsa. Eu já havia tido muito mais dele. Eu mesma já fora mais brilhante. Opto por ter pesadelos debaixo do meu próprio teto, desmanchar-me no chão do banheiro, sem testemunhas. Uma claridade baça define a luz de nossa despedida.

Ele toma o táxi. Eu subo as escadas.

Exausta e aliviada, adormeço encarando, sem melindres, as cenas que pude identificar dos *flashes* que me visitam ocasionalmente. Descortino o vermelho, a vibração pulsante da massa orgânica a preencher toda a lacuna. A presença do belo no grotesco. Vejo os perfis de Picasso, o olhar onipresente de Jacqueline; o relógio derretendo, a boca, o ilusionismo de Dali, as dimensões tortuosas de Escher.

Somos deixados, um grupo, por um helicóptero a alguma distância da cratera do vulcão Marum, no arquipélago de Vanuatu, no Pacífico Sul. Dois guias experientes mostram-nos o caminho. Da borda do meu sonho, olhamos para o fundo do poço e assistimos ao espetáculo de lava dançante. Um oceano subterrâneo emite labaredas de rocha derretida, incandescente, que explodem, respingam e escorrem de volta para o inferno. Fazemos a escalada inversa do Evereste, apoiando-nos em paredes verticais. As rochas se desprendem das encostas íngremes e são consumidas pelas ondas revoltas do mar de fogo com odor de enxofre. Chego tão perto, os respingos derretem parte de minha roupa protetora. As lavas alcançam o topo da cratera, deslizam lentamente num cinza chumbo e se rompem em brasa viva, transformando o relevo da Terra. Um monstro imprevisível e incontrolável da cor do sol esculpe formas orgânicas no solo sob intensa chuva ácida. Ao me alcançar, cada partícula de lava transforma-se em água e o cinza chumbo faz-se azul como os olhos de Andrew, e as camadas de rocha líquida clareiam-se em ondas verdes coroadas de espuma branca. O calor abrasante e fétido congela-me.

Acordo sufocada, suada e fria. No entanto, as imagens das visões e dos sonhos detinham beleza aterradora. Preciso traduzir em matéria as obras que já moram em mim; forjá-las, trazê-las à vida. Imediatamente um sorriso coxeia em meu rosto escapando, sorrateiro, do fundo do poço borbulhante da alma.

Entro no ateliê tomada pelo desejo de traduzir os sentidos em outras tantas faces dos materiais. Transformar o entorno, partindo dele e do que ele me oferece. Vou abrindo espaço sobre a bancada, caminhando sob o pretexto de ordenar objetos, toco os potes, os tubos de tinta; demoro-me diante do *spray* de poliuretano, revejo as telas.

Aos poucos, embrenho-me na atmosfera ilusionista do sentido das cores, percorro o caminho sugerido pelo próprio nome delas. O vermelho óxido, o Nero Fumo misturado ao Ivory Black, o Cadmium Orange; os tons do bafo quente do vulcão, a chuva ácida, o meio fio da calçada Black, escavada a lava, a massa humana carmesim. O frescor da brisa do mar traz o Hooke's Green, o Bleu Manganèse, a espuma que escorre da crista das ondas cujas borbulhas estouram desenhando círculos na areia salgada.

Caminho mais rápido, a obra que vislumbro é feto maduro provocando contrações. Quer vir à tona. É frágil e tem pressa. Ameaça, como um sonho, desaparecer da lembrança no abrir os olhos; some como uma frase na areia movediça da morosidade de anotá-la. Extingue-se.

Uso o *spray* de poliuretano sobre superfície de madeira, parto de formas, de volume, do tridimensional. Depois, fotografo com lentes macro, e as fotos feitas bem de perto revelam ainda outros ângulos das histórias que conto.

E retomo, e reformo telas.

Estampo nelas meus pesadelos, derreto-me em cera de abelha.

Mário, meu galerista, parece satisfeito e repleto de planos para mim, para minhas telas, esculturas e fotografias.

Mordo a maçã durante reunião para definir detalhes da exposição de minha série *Vísceras e vulcões*, na Victoria Miro Gallery, em Londres, e em outras capitais europeias. Algumas das obras devem estar de volta a tempo de participarem da próxima Bienal Internacional de Arte de São Paulo.

Não tenho vontade de retornar as ligações de Andrew.

Perco a noção de tempo, que passa como rostos rápidos e desfocados dentro do meu silêncio. Meus passos são escassos e meus pés revezam o peso do corpo no molejo dos joelhos que alternadamente se dobram. Busco com a mão, no labirinto da bolsa, a carteira, e em seu interior, algum dinheiro ou cartão.

Às quartas, o ingresso é mais barato, muita gente vem ao cinema. Eu venho olhar as pessoas, criar sobre elas.

Meus olhos vagueiam nos detalhes dos sapatos da senhora à minha frente, no vestido lilás da moça na frente dela, roçando libidinosamente a cabeça no peito do namorado, enquanto a mão dele passeia tranquila pelas suas costas.

Flano no azul profundo dos olhos de alguém que não me vê e pelas histórias dos cartazes que anunciam os filmes que virão.

Estou de frente para o caixa, abre-se a tela do computador, decido pelo cartão de crédito e escolho um lugar no corredor.

Observo o rosto das mulheres nas recepções, nos *vernissages*, nos restaurantes.

Por vezes, finjo ouvir o que dizem encarando seus olhos oblongos devido ao peso da pele solta, apoiados em gordas bolsas tingidas de bege claro, inaugurando tons de olheiras. As laterais de suas faces pingam no decorrer dos anos e fazem brotar novos queixos, estalactites. O tempo esculpe cavidades naturais, subcutâneas; põe a boca entre parênteses e finca estacas sobre os lábios, por onde se perde o batom. Rachaduras e teias brotam dos cantos dos olhos. Um subsolo constrói-se abaixo do queixo, ocultando o início do pescoço frouxo, com descansos horizontais expostos em camadas, sem arestas, como as rochas limadas pelo tempo e pelas águas. Muitas voltas de colar de fio fino cobrem-lhe o peito.

Caminho pela praia e noto as maçãs do decote, no fundo do sutiã, de lá, entrarão em erupção, transbordarão a taça, como os fungos do fermento agem na massa de pão.

A pele estica-se além do esqueleto. Afina sobre os ombros, derruba os músculos dos braços e se engruvinha nas mãos manchadas. As nádegas escorrem e pressionam a carne das coxas a posicionarem-se sobre os joelhos, como rocha ígnea eruptiva, amorfa. E a partir desse ponto, a pele quebra-se em lúdico craquelê. Ainda que tenham se escondido por algum tempo em décadas anteriores, num dado momento, todas se igualam em modelo senil. Tão determinante é a natureza.

No ateliê, projeto a mesma estampa preta rendada em branco sobre a modelo sentada em um bloco de concreto retangular. Aproximo e distancio o foco até consubstanciá-los em uma única peça. Levo a imagem ao computador e a fragmento em hexaedros e outras formas geométricas.

Releio-as em aquarelas e esculturas.

O corpo não é nada além de seu material.

A manhã é dourada e me incomoda.

Oscilo entre insônia e pesadelos. Olhos sem vida acusam-me, mãos enormes e repugnantes acariciam-me.

Não quero entrar no ateliê.

Preciso estar ao ar livre. Sentir minha pele suar, fazer exercícios, ver meu corpo matéria, mudar de cor debaixo do sol. Observar o movimento de corpos, esquecer o trabalho, embora ele esteja impregnado em toda parte e eu não tenha outro olhar, senão o que extrai, sublima e reproduz alucinado e sagaz.

É imperioso que eu pare, retome energia ou livre-me dela.

Alugo uma bicicleta na entrada do Parque Villa-Lobos. É quinta-feira, e o parque está quase vazio. Consegui vaga para estacionar na própria avenida, impossível durante finais de semana ou feriados, quando não me atreveria a este passeio.

Tentei disfarçar o fôlego curto, misturando-o ao esforço de pedalar. Pela ciclovia, percorro todo o perímetro da imensa área verde, entremeada de sol e sombra. Em uma das curvas, avisto, dentro da quadra de basquete que circundo, um amontoado de jovens pulsando em ritmo de *street dance*.

Alguns seguranças são salpicados em pontos estratégicos do passeio.

Não paro no caminho, no final da pista, desvio-me em direção ao orquidário; oca diáfana, feita de aço e peles transparentes, cercada de espelho d'água. Bem em frente à entrada, a orquídea híbrida ecoa em amarelo e vermelho.

Deixo, no *habitat* das plantas exóticas, das árvores, das sombras e do canto de pássaros, o peso do concreto projetado em mim.

O celular toca. É minha assessora de imprensa.

Sou convidada para jantar na residência de um diplomata japonês em Nova York. Colecionador de obras de arte, adquiriu uma de minhas esculturas. É também amante de *jazz* e admirador de Andrew. Desde sua última temporada em Tóquio e Kyoto, tornaram-se companheiros assíduos, pois creio que o termo próximos não definiria com lisura a relação que os enlaça e eu cairia nas tramas da hipocrisia. De fato, o evento oferece-me a distância física almejada do ateliê, reconhecimento do meu trabalho, afagos de Andrew e um gole de saquê em *masu*. Aceito o convite.

O Oriente seduz-me.

Além de nós, outros três casais são convidados e identificados de acordo com o protocolo diplomático.

Naquela noite, por duas horas e meia, minha vida foi rigorosamente coreografada; chegamos às dezenove horas e trinta minutos no endereço do elegante apartamento em Middtown. O casal recebeu-nos sorridente e, logo, insinuou para tirarmos os sapatos, mostrando os pares de chinelos enfileirados em perfeita ordem; conduziu-nos à sala onde outro casal já tomava saquê. Os demais não tardaram a chegar, todos embaixadores ou diplomatas de diferentes países, morando em Manhattan.

Dois *drinks*, desta vez, como determina a etiqueta americana, e somos chamados à sala de jantar.

As cortinas tinham a transparência do papel de arroz e a luminosidade irradiada envolvia o ambiente em pura seda. A decoração, nipo-americana, assim como a esposa do anfitrião.

Minha escultura ganhara destaque.

O lugar de cada um à mesa foi definido por ordem de relevância. Eu, a homenageada da noite, fui convidada a estar do lado direito do Sr. Matsubara, sentado em uma das pontas da mesa retangular coberta de linho branco. A Andrew foi designado o segundo lugar à esquerda; os casais são diplomaticamente separados nessas ocasiões. Como em um bailado, os anfitriões apresentaram-nos uma mostra da beleza e dos sabores dos pratos da gastronomia Kyoryori, tradicional de Kyoto.

O saquê prepara o paladar.

O aroma invade o olfato antes do espetáculo visual.

Servidos individualmente e em porcelana antiga, provamos o broto de bambu, misturado à vagem e temperado com folhas de *sansho*, erva suave e picante.

Em seguida, *tofu* de gergelim com aspargos, *wasabi* e *dashi*, um intencionado caldo quente, cujo calor intensifica o ardor introduzido antes pela erva, fazendo-o insurgir das entranhas, florescer à pele, exalar pelos poros uma ode aos sentidos, um desencadear de prazeres.

Arrancou elogios meus a textura e a delicadeza do corte do *sashimi* de peixe, ornado com uma espécie de erva afrodisíaca e polpa de figo. Como um guerreiro que desembainha o sabre, o Sr. Matsubara apresentou-nos seu conjunto de facas para o preparo do *sashimi*. A lâmina longa de rigidez aguda permite corte perfeito em único golpe.

O clássico tempurá de camarão e legumes foi oferecido antes da principal iguaria da noite: o suculento *beef kobe*, caviar das carnes, sabor adocicado de salsinha e avelã, servido com purê de abóbora japonesa, disposto como ícone de *hiragana*.

De sobremesa: *anmitsu*, pequenos cubos gelatinosos de ágar, cuja translucidez refletiu as cores dos pedaços de morango, quiuí e mamão artisticamente cortados, sorvete de chá verde, um toque de *azuki* e folhas de menta.

Além de nos desvendar detalhes do menu da noite, o anfitrião descreveu os contrastes e semelhanças da vida nos Estados Unidos e no Japão. Comentou questões do trabalho, confessou seu amor pela arte, pela música, especialmente pelo *jazz*.

Depois do jantar, ainda coreografando com formalidade e graça, o casal de anfitriões convocou-nos para um *tour* pelo apartamento, e foram contando as histórias de cada peça e de como as adquiriram ao redor do mundo.

Finalmente, reuniram-nos em frente à minha escultura *Espelho côncavo*, em bronze e laca vermelha e preta. Estava exposta na Gladstone Gallery, em Bruxelas. Ele falou com surpreendente conhecimento sobre minha obra.

De volta à sala de jantar, enquanto tomamos licor, Andrew foi chamado ao piano, com o dever exclusivo de interpretar "Kojo no Tsuki", uma canção folclórica japonesa, tão bela quanto melancólica.

Exatamente às vinte e duas horas, o Sr. Matsubara levantou-se e pediu licença aos convidados para retirar-se.

Naquela noite, era parte da obra curvar-me e obedecer.

O cone oco do sino deve acompanhar o badalar do pêndulo para produzir som.

Vibrar como um idiofone.

Achei o nome apropriado.

Por dentro, vejo mamãe rindo de mim.

Durante o trajeto de volta, no táxi, a embriaguez dos sentidos envolve-nos em pleno êxtase.

Ainda sou eu a mulher que se entrega às carícias de Andrew?

Destaco-me de mim.

É na minha perna que corre a mão afoita dele?

Ainda sou eu?

Ele aumenta a pressão da mão e busca a parte interna da coxa.

Não sou mais eu!

Sou ela, que começa a gemer, une as pernas massageando-lhe a mão entre as coxas, impedindo-o de tocar-lhe o sexo de imediato, prolongando o desejo, enquanto as unhas cravam-lhe as costas, sulcando toda a extensão dos ombros, enquanto enfia o rosto na altura do pescoço dele e, vasculhando-o com os lábios mornos entreabertos, beija-o, mordisca-lhe a boca. Ele retribui as carícias, tocando-a por dentro do casaco; percorre o corpo e agarra-lhe um dos seios com uma das mãos, enquanto a outra encontra o sexo úmido.

Naquela noite, fizeram amor avidamente por cada palmo do apartamento para onde Andrew acabara de se mudar.

O cio impregnou-se em toda fresta.

Ela voltou à sala, pouco antes do amanhecer. Buscou, no emaranhado das roupas espalhadas pelo chão, algo que arrebatara mais cedo.

No embaraço do próprio casaco, deparou-se com ela. Perplexa, admirou-a embevecida. Tocou-a. Acariciou delicadamente toda sua extensão.

Pela ampla parede vítrea, a madrugada de Manhattan invadiu o interior da sala e brilhou na lâmina da faca, de *sashimi*. A lâmina, iluminada, dançou espelhando a cor da mobília, as flores dos arranjos, o fogo semimorto da lareira.

Imediatamente, foi em busca de Andrew, que dormia profundamente.

A faca não reluziu na penumbra do quarto, mas seguiu rígida, rente ao corpo dela, enquanto se aproximava da cama.

Forte fluxo de sangue pulsava em sua jugular.

Desadormecido, entreabriu as pálpebras, murmurou algo, voltou a desfalecer.

Ele era carne viva e quente.

Ela comprimiu o cabo da faca entre os dedos, enrijeceu o braço, o corpo contraiu-se num espasmo e gemeu no doloroso entumecer dos mamilos.

Um arrepio e, uma sombra, um resto de mim não permitiu que ela usasse a lâmina e compusesse uma nova obra, tingida de vermelho.

Partir dali se faz premente.

Na manhã seguinte, ela adianta a volta para São Paulo, apesar da perplexidade de Andrew e vã contestação.

No último instante, troquei o destino para Salvador, Bahia, onde morava Jovelina. Qualquer lugar onde pudesse esconde-la. Silenciar-me.

Do aeroporto, imediatamente ao Tivoli Ecoresort, na Praia do Forte. Próximo ao hotel, bambuzais plantados dos dois lados do caminho entrelaçam-se no alto. O túnel verde alivia o calor do corpo. Mais adiante, a visão dos coqueiros, a exuberância do frescor do mar.

As cortinas de algodão branco e barrado azul-marinho do apartamento ocultam parcialmente a visão do imenso gramado, exóticas árvores esparsas e a promessa de um oceano escondido atrás do horizonte.

Faltam algumas horas para o jantar.

Já é quase noite.

Sai em direção ao restaurante.

No terreno levemente acidentado, três baianas em trajes típicos desfilam rendas atendendo os hóspedes sob a placidez do luar.

A brisa é morna.

Num jogo tântrico, apenas petisca porção de acarajé e abará. Toma suco de graviola.

Ela volta para o quarto, enfim.

Sinto-me cansada.

Fui eu que aceitei o convite para almoçar na casa de Jovelina, ela iria, finalmente, apresentar-me sua família e mostrar seu novo apartamento. Estava feliz, "Tem três dormitórios e vista para o mar, um espetáculo! "

Jovelina fora minha fiel escudeira durante os três anos que passei visitando, frequentemente, a cidade de Salvador, onde coordenei cursos rápidos e palestras abrangendo diversos setores culturais.

O apartamento ficava em um bairro de classe média. O prédio era digno, embora desprovido de elegância ou requinte.

O porteiro anunciou-me e o portão abriu-se num estalo. Segui até o *lobby* e venci um longo corredor estreito e escuro que me levava para o lado B do condomínio; subi dois lances de escada e me deparei com o elevador. Ela morava no quinto andar. Toco a campainha e ouço o burburinho que vinha lá de dentro e o latido atento de um cão. A porta abre-se e uma jovem de cabelos longos, usando óculos, recebe-me. Jovelina surge apressada, bem atrás. Sorridente, ela me apresenta a filha e, logo após, a filha mais velha acompanhada do noivo. Recebo também os cumprimentos desconfiados (a princípio) de um *shihtzu*.

Eles me aguardavam com um aroma delicioso vindo da cozinha, que fervilhava, e licor de jenipapo para eu degustar. Um trago desse sabor peculiar e passamos para a cervejinha gelada, indispensável naqueles dias quentes.

Sentei de frente para a TV, num sofá de dois lugares de couro sintético branco e acomodei as costas em uma almofada prateada. A filha mais nova acomodou-se ao meu lado e os demais puxaram cadeiras da sala de jantar. A conversa pairou sobre tantos lugares, sobre os estudos das meninas, cursos, países, viagens, sonhos... E o cachorrinho deitou-se aos meus pés.

Jovelina deixa a cozinha, e a comida mostra-se sobre a mesa: carne de sol, feijão tropeiro, arroz, purê de macaxeira e salada de folhas verdes. Ela sabia que eu amava moqueca de camarão. Que comia sempre. Aliás, aprendi a preferir o "ensopado", a moqueca sem tanto dendê. Assim, ela optou por me apresentar a comida do sertão nordestino.

Havia quatro lugares na mesa ornados com jogo americano preto de bolinhas brancas, prato de cerâmica preto, quatro copos e talheres de inox mergulhados nos alimentos. Faltava um lugar. Jovelina insistiu para que sentássemos, enquanto ela ziguezagueava entre cozinha e sala com o copo de cerveja na mão. Vejo que se fazia ocupada, embora não mais estivesse. Digo que só me sirvo se ela nos acompanhar, mas percebo certo embaraço, e desconfio de que talvez ela tivesse apenas aquele jogo completo para quatro pessoas e fizesse questão de me receber tão bem.

A filha caçula estranha eu não conhecer seus compositores favoritos de forró e resolve que é porque eu sou como uma amiga paulistana que ela tem, eu devo gostar só de música sertaneja.

Eu me calo.

Chega o momento de Jovelina mostrar-me o apartamento. Um quarto para cada filha. Ambas exibiam, sobre a cabeceira de suas camas, o presente que receberam pelo décimo quinto aniversário: um pôster em tamanho real, delas mesmas, muito maquiadas e em pose sensual. Quase não as reconheço. Um pequeno escritório onde Jovelina fazia jus a sua profissão de secretária. Tudo organizado em arquivos, pastas, caixas etiquetadas. Impecável! Deixou seu quarto para me mostrar por último. Ainda precisa terminar a montagem do armário, que ela compra por módulos. Tem uma das paredes pintada de azul, uma colcha de *piquet*, também azul forra a cama de casal. Jovelina vai até a janela, afasta a cortina branca de tecido acrílico rendado e força a abertura para se certificar de que está no máximo do vão, e me chama. Eu me aproximo, olho pela janela e avisto a parede do prédio vizinho. Ela me puxa para perto, coloca-me de lado para a janela, encosta meu ombro direito no batente, empurra minha cabeça para fora, um pouquinho mais para fora, inclinada a quarenta e cinco graus e, com o pescoço bem esticado, enfim, eu avisto, lá adiante, um pedaço de horizonte. Uma fresta de imensidão de céu e mar.

Acreditei que havia sido verdadeiramente tranquilizante a fuga para o nordeste. A alegria em encontrar Jovelina bem me fez ter a certeza de que era só eu ali. Ela não estava mais comigo, ou dissipou-se em mim...

Dificilmente, o dia nasce feio na Bahia. Nunca, enquanto estive lá.

Na manhã seguinte, apenas meus olhos determinam o momento de despertar.

Sinto que não estou mais só.

Seria ela que volta a acordar em mim?

Na praia, sento-me em uma espreguiçadeira forrada com a maciez de um colchonete, sob o guarda-sol de piaçava espetado na areia branca de frente para as águas cálidas do mar. Carrego comigo um livro, mas prender o olhar em páginas escritas tendo o paraíso ao redor parece insultante.

Os pesadelos parecem voltar, mesmo acordada. Busco no cenário uma forma de camuflar a inquietude, sempre à espreita num beco maldito da alma.

Levanto-me e peço uma água de coco. Saio caminhando sem rumo pela praia, em direção a um pequeno centro comercial. O desassossego, o pânico da abstinência, os pesadelos me acompanham.

Passo por alguns casebres, no meio do matagal de arbustos, que circundam o mar. Do outro lado da areia, rochas e recifes de coral represam água marinha gerando piscinas naturais, azuis, transparentes disputadas por crianças e casais.

Quando rompe no horizonte a charmosa igreja branca e azul, na Vila dos Pescadores, salta um pouco a diante, ainda distante, dentre tantos, um corpo masculino, dourado e bem torneado, cujos braços exibem músculos tesos na lida de desencravar um barco da areia. Destaca-se dos demais, também, por sua altura e porte; pelos cabelos loiros e lisos que, em câmera lenta, chicoteiam-lhe o rosto por onde escorre o sal do mar e do suor da pele.

O mar de tombo teima em derrubá-lo, mas ele mergulha de encontro ao estômago da onda, anulando sua força. Volta para a praia aplaudido por respingos jubilosos na altura das panturrilhas; o fraco repuxo do mar não pode enterrar seus pés na areia.

E quando ela finalmente chega na barraca de petiscos, em frente aos barcos dos pescadores, ele está no balcão conversando animado, com quem parece ser o dono do bar, que lhe entrega uma lata de cerveja.

Ela vai em sua direção, sem lhe desviar os olhos.

Ele checa-lhe o corpo, finca-lhe os olhos.

Ela escorrega o sorriso para um canto da boca, passa por ele dirigindo-se ao mesmo balcão. Ele acompanha seus passos esticando o pescoço, como ela previa.

Ela pede uma cerveja, e não tira mais os olhos dele.

No homem à beira-mar, lê-se uma história de requinte; há elegância em seus gestos, preparo e ousadia. A vestimenta de rusticidade é a liberdade da abnegação brilhando em sua tez.

Os olhares se cruzam novamente, ela é inteira sorriso, e desejo. Instigado, ele vem. Para por alguns instantes bem próximo dela, devolve sorriso amplo, estica o braço oferecendo-lhe outra cerveja. Ela pega a garrafa da mão dele, não sem acariciá-la lascivamente.

Tomaram a cerveja, conversaram pouco e partiram juntos.

Ele carregou a sacola para ela.

Uma longa caminhada pela praia e outro tanto por senda discreta, os conduziu à cabana de paredes caiadas e telhado de sapê escondida na mata atlântica.

No caminho, pequenas quedas d'água faziam o riacho se abrir em vários saiotes de tule branco e, sob o véu transparente dos respingos, acenavam samambaias presas às rochas encobertas de musgo.

A porta estava apenas encostada. A cabana mantinha-se fresca e úmida. Não havia banheiro, nem energia elétrica. A pequena geladeira, alimentada por baterias, conservava um pedaço de lasanha em *tupperware* encardido, uma lata de guaraná e água gelada.

Ele vivia ali, desde que viera da Dinamarca, e se apaixonara por moqueca de camarão, coqueiro e caipirinha.

Riu, relaxando a face.

Ela deixou a sacola do lado da cama.

Ele se aproxima, diz qualquer coisa, olham-se, roçam os lábios, mordiscam-se, beijam-se.

As mãos dela percorreram a carne dele.

Sentiu antes a rigidez do crânio, ao desgrenhar seus cabelos; gemeu, ao sentir no tato o volume, o calor e o pulsar de seu pescoço.

Afastou, simultaneamente, as mãos para ambos os lados percorrendo a distância entre os ombros, os espaços entre ossos e cravou as unhas na massa viva de suas costas, enquanto os braços dele a envolviam com a força de uma sucuri.

A respiração de ambos era curta e acelerada.

Ela sentia o coração dele bombear muito, muito sangue. Inundaria a cabana, tingiria o tule da cascata de vermelho, alcançaria o oceano.

Excitados, despiram-se entre carícias.

A cama acolheu a intensidade dos corpos que se exploravam.

Ela se inclinou sobre ele, enfiou a mão na sacola e, num golpe abrupto, rompeu-lhe a jugular com a faca de *sashimi*, afastando-se antes da cama tingir-se de vermelho intenso.

Enfia, de volta na boca, com a ponta dos dedos, grumos de carne moída envoltos em molho de tomate e queijo, recheio da lasanha ressequida, que caía sobre o prato posto entre as pernas, sobre a cama. Tem o tronco inclinado para frente e as pernas abertas, com os joelhos levemente dobrados. O sol morrediço do fim da tarde e pouca brisa marinha entram pelas frestas da cabana.

Ela verte a lata de guaraná e o cheiro da bebida mistura-se ao odor adocicado do sangue que encharcava o colchão, o corpo magro e os lençóis.

Olha para o lado e espanta as moscas do moribundo. Ele parece grunhir um sussurro, a vida ainda esvoaça ali?

Limpa a boca com as costas da mão.

Um pequeno naco da lasanha cai sobre uma poça de sangue grosso. Ela pega com as pontas dos dedos, coloca na boca devagar e saboreia.

Saciada, levanta-se.

Umedece a toalha e a esfrega em si, livrando-se grosseiramente das poucas máculas.

Sua imagem reflete turva no caco de espelho encravado na parece rústica.

Enfia-se na mesma regata e no shorts *jeans*.

Próxima à porta, observa o corpo que arfa. Capta o movimento, o pulsar trêmulo, a última sofreguidão. Deleita-se ao som mudo do agonizante, em coro com as ondas do mar que ali sibilam sob a escassez de luz.

Ao sair, percebe alguns poucos galões atrás da cabana. É provável que seja combustível para o barco.

Vasculha um pequeno armário e retira de lá trapos sujos que embebe no líquido inflamável. Espalha-os pela cama. Ateia fogo.

Sai e bate a porta atrás de si.

Lá fora, escuridão.

Ela perambula pela praia.

Já de longe, vê a cabana em chamas.

Mais adiante, a fumaça dissipa-se no céu iluminado pelas labaredas acima da copa dos coqueiros.

Ela lança-se ao mar.

Êxtase!

Outro dia nasce na Bahia.

Ela desce e pega o jornal. A notícia do ocorrido perdeu-se na enxurrada dos interesses turísticos da região.

Faminta e bem-disposta, ela se senta em mesa de tampo de vidro na área externa do restaurante que avança sobre o mar, em palafitas. Já é hora do almoço. Debaixo de sombra morna, ela pede uma moqueca de camarão e sorri brindando com caipirinha, em direção aos barcos ancorados na Baía de Todos os Santos:

"Skål!"[1].

---

1. "Saúde!" (em dinamarquês)

Já no aeroporto internacional de Salvador, ela se despede do labirinto dos fios bordados, mescla-se aos mistérios das rendas expostas nas vitrines das lojas de artigos regionais; acena aos personagens do candomblé, aos orixás. Embarca e sobrevoa as dunas decoradas de vegetação nativa.

Em duas horas e meia aterrissará no aeroporto internacional de Guarulhos em São Paulo.

Renovada.

Mário aguardava angustiado no setor de desembarque. O voo atrasara por conta do aguaceiro que inundava a capital paulistana e punha em risco as operações aéreas. No entanto, foi o tempo que precisei para construir a ideia da *performance*.

Trazia as anotações em guardanapos com o símbolo da companhia aérea, algumas frases com a palavra *abismo*, a miscelânea incerta do Google em meio a tantos autores:

"Há certas decidas ao fundo do *abismo* que retiram o homem do meio dos vivos." Victor Hugo

"Nada o *abismo* me deu ou o céu mostrou. Só o vento volta onde estou toda e só. E tudo dorme no confuso mundo." Fernando Pessoa

"Todo *abismo* é navegável a barquinho de papel." Guimarães Rosa

"*Abismo*: lugar escarpado, íngreme, despenhadeiro. Incompreensível distância que separa pessoas, culturas, universos."

Há um abismo *entre tanto(s).*

Dilacera, insondável caos, eu te navego serpenteando reentrâncias terracota na profundeza do precipício dos meus desejos – abismo.

Observo-te pelas coxias do abismo *da expectativa.*

Abismo *nas encostas, onde as árvores morrem com as raízes expostas, onde a terra termina vermelha sobre a vegetação rasteira que mendiga. Onde o sol desaparece. Vísceras da Terra – entranhas do ser.*

Espetáculos e obscuridades habitam as cavernas da Terra e os abismos *da alma humana.*

Ao ver-me despontar no saguão, Mário agita-se.

Carrego apenas uma pequena mala e o entusiasmo esfuziante da descoberta registrada em alguns pedaços de papel. As anotações básicas, o nascedouro de um novo projeto; desta vez, uma *performance*: projeções das imagens das obras que criarei nas paredes de formações da Caverna do Diabo. No meio do caminho entre o sul e o sudeste brasileiro.

– "Abismos insondáveis" ou apenas "Abismos". É o que sussurro ao ouvido de Mário, quando envolta em seu abraço.

Ele sorri, sabe que aquelas palavras significam produção artística imediata.

Ela está de volta, ele deve pensar.

Em casa, minha inquietude abre a gaveta emperrada do guarda-roupa e lá estavam elas, as minhas sapatilhas de balé. Guardadas envoltas em papel de seda, no interior de uma sacola de algodão xadrez. Forradas de cetim rosa, amareladas do tempo, com fios puxados nas pontas das fitas a desfiar minhas memórias.

Retirei-as dali lentamente, depois de fitá-las por um instante.

Com as duas mãos carreguei-as e esparramei-as sobre a cama.

Resgatei, daquele invólucro, um emaranhado de sons rítmicos, matemáticos; espacates, saltos, piruetas. Luzes, figurinos; cheiro de laquê, rigidez de coque e maquiagem. No mesmo passo, conduzem-me ao palco da graça e aos espasmos de euforia equilibrada na transfiguração de cada personagem. Resgato os ensaios, as intrigas, o mar revolto dos bastidores em noites de espetáculo e o tempo de cada acorde. Recupero a mística da música em compasso uníssono com meu corpo e o pulsar de minha alma adolescente. Noto que o cetim conservou seu brilho e maciez...

O telefone toca, me despertando das lembranças. Preciso voltar para o ateliê. Torno a guardar as sapatilhas na sacola, devolvo-as para o mesmo regaço de onde as tirei.

Fecho a gaveta.

Tranco o armário.

Sigo apressada para o ateliê.

Texturas, objetos, tecidos. Fecho os olhos e início uma jornada tátil em busca das matérias-primas representativas das agruras e do mélico ocultos na vastidão acinzentada no intrínseco da alma. Seleciono alguns materiais. Sinto a atmosfera úmida e gélida do interior das cavernas. Tateio a escuridão. A magnitude dos espeleotemas define-se no foco tímido de minha lanterna e de minha memória. O gotejar mudo germina estalagmites. Ouço o chiar das águas que as acompanham desde o percorrer do vale cego. No interior da gruta, o rio carrega em si os excrementos dos morcegos. Era como se eu tivesse por base o *Quadro preto sobre fundo branco* e na noite interna de Malovich atrevesse-me a projetar alguma luz. Na escuridão, lanço luminescência. Escondo sombras.

É março. O calor intenso começa a dar espaço às primeiras brisas outonais; as noites são mais frescas, embora o sol arda unânime em todas as manhãs. Fim de verão. As constantes chuvas vespertinas acumulam-se em incontáveis poças d'água, espelhando as depressões do asfalto.

Estamos em estado de alerta na prevenção do vírus da zica, mas a cena que vejo me desacorçoa. O noticiário deflagra também a corrupção içada do terreno pantanoso do poder político que nos (des)governa.

Triste caos.

Abismos.

Todos esses elementos tomam lugar em minhas atuais esculturas, colagens, pinturas, as quais serão revertidas em vídeos e projetadas em breve, nos salões da caverna.

Pronta a *performance*.

Desvio os olhos da luminosidade vinda da janela, por onde observava a rua. Com a visão turva, tateio o aparador em busca das chaves e as derrubo no chão. Agacho-me para pegá-las e me deparo com algo encoberto pela sombra do móvel.

Ao trazê-lo à luz, identifico um buril.

Um calafrio percorre minha coluna como um trem descarrilhado. Passo a ouvir o barulho da serra elétrica, a ver a névoa rósea cobrindo o assoalho, tingindo as paredes, as nossas roupas; colando-se em nossa pele, perfumando-nos com o aroma doce da madeira, como se fora hoje.

Cambaleio.

Uma imagem de Ygor vem fulgurar em minha mente.

Reporto-me à oficina de carpintaria, onde ele me ensinara o ofício.

Tinha expressivos olhos claros. Tornavam-se ainda mais atraentes e cheios de vigor quando vistos por trás das lentes dos óculos protetores. Não me lembro de seus lábios ou de seu nariz. Viviam escondidos da serragem em máscaras apropriadas.

Seus olhos bastavam-me. E o que eles me diziam no silêncio.

Ygor foi atingido mortalmente por um buril, o mesmo que ele usava para entalhar a cerejeira, o mogno – madeiras que obedeciam prontamente ao formão manuseado por suas mãos lépidas.

A mostra de escultura que faríamos juntos deu-se poucos meses depois, em agosto de 1984, em galeria não mais existente, e sozinha estreei *Solidões* – assim a renomeei ao perdê-lo.

A dúvida ainda paira sobre as circunstâncias do ocorrido.

Homicídio?

Qual teria sido a motivação?

Dizia-se intenso. Era inconstante.

Suicídio?

Embriagava-se com frequência e talvez fizesse uso de drogas.

A prova pericial restou inconclusa.

Acidente?

Na ocasião, meu pai fez-me acreditar que sim.

Minha garganta seca no pó vermelho das lembranças.

Visões antigas ilustram a penumbra do passado.

Novamente, eu menina petrificada. Estarrecida.

Abro uma lata de guaraná e assisto ao líquido ocupar espaço no copo entre as pedras de gelo. Vejo refletir, na circunferência transparente do copo, a tela do meu celular com nova mensagem de Andrew:

– *Meet me in Barcelona in July. I want you.*

Barcelona... Ele sabia, esse tipo de ordem faria o desejo ecoar por toda a extensão da minha pele.

À beira da piscina, um chapéu de abas largas, feito da trama fina de palha clara, distinguia-se na manhã de sol na Catalunha. Braços longos besuntavam de óleo o corpo esguio coberto por um biquíni nos tons pálidos de cinza, verde e marrom, riscados como os mosaicos de Gaudí. As pernas esticadas sobre a *chaise longue* de madeira preta, aconchegadas e bronzeadas no colchonete amarelo-ouro. O *sombrero* ainda fazia mistério do rosto. Uma mecha de cabelos castanhos derramara-se sobre o peito na altura dos seios. Com suave jogo de ombro, ela a devolveu às costas. Finalmente, reclina-se, deita delicadamente o frasco do bronzeador no chão, deixa a mão repousar por instantes ao lado dele e expira profundo mantendo protegido o rosto sob o chapéu.

Andrew não tarda a chegar com as taças de sangria de cava.

Beija-nos. É a mim que ele beija.

Sim, é a mim que ele beija no carrossel das minhas impressões. Embora, naquele instante, eu estivesse um tanto travestida do que não era eu. Brindamos todos.

Saímos degustando Barcelona.

Já era quase noite quando chegamos às Ramblas. Embrenhamo-nos em cada curva dos becos do Bairro Gótico. A estreitura dos corredores, aos poucos, faz-me definhar. Ela ganha vigor. Pude pressentir, apesar da *Ave Maria* de Gounod rezada pelo trompete do artista, a escuridão quase palpável.

A música e as trevas acompanharam-nos desde o Carrer de La Pietat, pelas tortuosas sendas medievais daquele bairro soturno e belo. Anjos incansáveis e intempestivos perseguiram-nos na ilusão de abster-me – abstê-la do desejo de matar, da tentação que aflorava, irrompia em mim, por meio dela; na busca de tapar meus poros com o manto de Maria e abranger todos os meus sentidos a fim de aniquilá-la, mas ela sou eu e eu sou ela.

Em coro cantavam, rufavam as enormes asas em voo rasante sobre nossas cabeças, mas ainda assim me era reservada a liberdade de escolha.

Queriam me alcançar, resgatar-me e eu fugia para não me render ao purgatório de onde eu mesma não me daria absolvição. Acelerei o passo, parecia andar em círculos, em sombras.

Vejo-me menina, acuada aos pés da escada. Mamãe morta. Sinto gosto de guaraná. Hoje tem festa. Visto-me de vestido ensanguentado e ele escorre nas minhas pernas, mancha de vermelho o verniz dos meus sapatos novos.

Arranque
Meus pés plantados no chão
Recolhe-me

No labirinto do seu abraço
Sussurre
O coro dos querubins

E livre-me
Desta tétrica réplica
De mim.

Acesso de pânico no labirinto medieval. A solidão grita em silêncio estarrecido. A solidão arde em presença gélida.

Tentei esconder de Andrew, mas ele reconheceu meu mal-estar. Conduziu-me para a amplidão das Ramblas, novamente, para o interior de um restaurante próximo.

Olho para Andrew, ele também me abandonará, seus lábios movem-se, mas não o ouço, uso seus olhos claros como tela para refletir as lembranças enrustidas em mim. E vejo na limpidez azul, cada tom de vermelho.

– Deixe-me em paz! – Ela diz assumindo-me.

Andrew reage, debate-se em gestos e palavras, mas é ignorado. Ela deixa o restaurante e grita para que ele não a acompanhe.

Voltou a percorrer com avidez os becos de onde recém-saíra. Adentrou as entranhas góticas ainda mais geladas e escuras.

Um vulto surgiu à sua frente.

Acelerou o passo, a figura de um indivíduo definiu-se magra e baixa.

Ela sentiu um calafrio percorrendo-lhe a espinha.

Excitou-se.

Com a respiração curta e o batimento cardíaco cada vez mais acelerado, enfiou a mão na bolsa ao mesmo tempo em que focou o ponto no corpo da vítima.

O buril queimava-lhe a mão coberta pela luva, enquanto o ajeitava entre os dedos. Era todo lâmina.

Alcança a vítima, o rapaz olhou para trás ao sentir a aproximação, olhou para ela, que lhe dedicou um sorriso discreto que se oferece a um desconhecido.

Ele tornou a olhar para a frente.

Ela levanta o braço da mão que empunha o buril, prende a respiração e rangendo os dentes, crava-lhe a lâmina na nuca e a puxa para baixo, desconectando com requinte todas as ramificações neurológicas e torcendo-a na carcaça masculina que despenca feito fantoche sem cordas nas almofadas de pedra das ruelas de Barcelona.

Ela o ajeita com o pé, para mirar-lhe a face desfalecida. Sente o cheiro do sangue escorrido encher o vão e percorrer o caminho do rejunte das rochas.

Tira as luvas. Guarda-as de volta na bolsa depois de colocá-las dentro de um saco plástico.

Já tinha alguma distância do cadáver quando começou a ouvir um vozerio.

Passa os dedos entre os cabelos. Imaculada, me leva de volta ao hotel.

Quando Ygor morreu, eu escrevi uma carta para ele. Fui até a marcenaria para entregá-la.

Caminhei por cada cômodo à sua procura. Ele teimava em se esconder de mim. Busquei-o embaixo da bancada, atrás das portas, na oquidão das cortinas, no amontoado de caixas; nas pilhas de madeira, em meio aos troncos de árvores que eram só dele.

Estava em todos os lugares.

Conhecedor dos meus passos, ria-se de mim aguardando minha próxima empreitada em sua caça.

Inglória.

Mas, ele me surpreenderia a qualquer momento e juntos riríamos alto da minha ingenuidade, de suas traquinagens. Ygor era cheio de traquinagens e risadas.

Pendurado no mancebo num canto, próximo à janela, seu guarda-chuva. Ele não tinha medo de nada, só de tempestades. Dizia que dava pneumonia. Eu ria dele, "você está ficando muito velho!" E corria na chuva.

Adorava sentir o impacto denso das gotas d'água ao encharcarem minhas roupas, massagearem meu rosto, meus ombros, ensurdecerem meus ouvidos a ponto de eu não poder discernir as palavras de ordem que ele gritava ao vir me resgatar do temporal e da minha loucura com aquele enorme guarda-chuva preto, ignorando minhas gargalhadas. Ele sustentava o avental que usava sobre a roupa; ainda com suas formas. Enfiei-me nele. Abracei-nos.

Não consegui fazer com que ele se libertasse desse medo.

Quem sabe se eu o chamasse bem baixinho?

Jurei que não contaria a ninguém desse encontro, seria outro segredo nosso.

Ele poderia vir só para receber a carta que escrevi, não o prenderia.

Prometi.

Fechei os olhos bem apertados para que a intimidade da escuridão o convencesse dos meus apelos.

Fui abrindo aos poucos e pela janela da marcenaria vi a nuvem encobrir o sol e, no vidro, desenharem-se rabiscos d'água.

Coloquei o envelope, amarrotado dos meus dedos, no bolso junto a um pouco de serragem e outras miudezas perdidas ali.

Devolvi o avental ao mancebo, peguei o guarda-chuva e parti sob a nossa última tempestade, absolutamente – seca.

Andrew aguardava-me intranquilo no quarto do hotel. Quando entrei, ele logo me cravou de perguntas e eu, intensamente, cravei-lhe os olhos e, depois, as unhas, com carinho.

Desaguei nele a euforia colhida nas ruelas góticas e o fiz jorrar em mim.

Era eu! Era eu quem o desejava tanto!

Era eu, mas repleta da energia dela.

Eu, então, podia amar Andrew, e voltava a ver cores e a ouvir sinfonias.

Ela repousava em mim, emprestando-me apenas sua pujança.

Mamãe deixou-me uma caixa de histórias.
Um capítulo em cada par de brincos contidos naquele invólucro.

Dizendo assim, tem-se a impressão de que ela me escolheu, pensou em mim, preparou-me esse presente com carinho. Não, ainda que ela tivesse tido tempo, não agiria assim e sequer tentou passar tal impressão. Um dia, simplesmente, livrou-se deles, colocando-os em minhas pequenas mãos. Entregou-me uma caixa plástica, dessas de setor de organização, enfiada em um saco de papel de presente, sem fita adesiva, nem laço, sem nenhuma graça: "Você quer? Pode ficar com eles. " Quando puxei a caixa de dentro do embrulho, vi pela sua transparência pedaços da minha infância. Natais, aniversários. Festas. Vi mamãe em situações diferentes a partir de cada par de brincos. Eu a vi com os brincos dourados e redondos com uma pedra verde no meio. Eu gostava quando ela usava aqueles brincos, faziam sobressair seus olhos e ela ficava ainda mais bonita. Estava apressada, de saída para o trabalho, enquanto eu permanecia febril em sua cama. Eu ia para o quarto dela nessas ocasiões, mas continuava me sentindo só.

Ela me teve algumas vezes nos braços. Geralmente, quando eu adoecia; mas seus olhos jamais alcancei. Seus olhos, que eu tanto admirava, não pousavam nos meus.

Eu vi os brincos de filigrana que ela trouxe de Portugal balançarem pendurados aos lóbulos de suas orelhas enquanto ela, impecavelmente maquiada, recebia em nossa casa os convidados para o jantar. Eu observava tudo, de pijama, pelos vãos da treliça de madeira que me separava da festa. Imaginava que um dia eu seria como ela, riria como ela, todos me amariam como a amavam.

Uma noite, roubei um de seus cigarros, fino e marrom. Eu me sentei dentro da pia do banheiro, passei perfume e batom e fumei como ela, me assistindo na tela do espelho. Sabia imitar seus trejeitos. Vestia seus vestidos de festa e pensava que eles quase serviam em mim. Um dia, um homem tão lindo quanto aquele príncipe de porcelana, que ficava em cima do piano, viria até mim, para convidar-me a dançar, e eu dançaria com ele, como sua parceira, também de porcelana, dançava. Meu vestido seria azul, decotado, com a saia bem rodada repleta de babados e renda, igual ao dela.

Vi mamãe, nervosa, deitar seus brincos de argola e algumas lágrimas sobre o criado-mudo, no fim de uma noite dessas. Seus cabelos loiros estavam presos em um coque banana, que ela desfez ao puxar um único grampo. Ela usava um vestido longo, feito de dois tecidos quadriculados de vermelho e branco e de preto e branco, formando quatro partes alternadas, cortado por uma fita de ponto russo ao meio no comprimento e pela cintura. Era lindo, mas eu o odiava. E o odiei ainda mais porque ela o vestia quando chorou.

Ela não sabia, mas depositou em minhas mãos a caixa livro do meu dia a dia, dividido em compartimentos iguais, sem respeitar a intensidade de cada situação nem a ordem cronológica dos fatos. Estavam todas juntas, as cenas organizadas mecanicamente em capítulos, como ela.

Não usei aqueles brincos, ainda carregam a minha infância impregnada, e continuam presos às orelhas de minha jovem mãe. Se ela soubesse, riria de mim, como fez tantas vezes. Mas não usarei. Nunca. Não suportaria viver um único dia como ela.

Talvez por essa razão mamãe esteja morta.

Eu não podia contar a ninguém.

Papai segurou meus ombros e me olhou tão de perto que tive o azul de seus olhos como firmamento. Jurou não ter acontecido nada, disse que eu não tinha culpa, nem ele tampouco. Limpou meus sapatos novos, de verniz, e me levou para a escola, onde a professora dizia coisas que eu não entendia e tinha a cabeça imensa e uma boca tão pequenina que eu não podia ouvir o que me dizia. As crianças, ao fundo, murmuravam sobre mim em língua indecifrável.

Durante muito tempo, o grito de mamãe misturava-se em todo som.

Desta vez, ela não mudou de roupa várias vezes, não checou a imagem no espelho outras tantas, não ficou ofegante. Não se sujeitou à praticidade do vestido preto, e nem arrumou ansiosa o colar no elevador. Não. Desta vez, não.

Fazia calor. Ela já se via no tomara que caia rendado daquela noite, desde a manhã – e colar nenhum. Em vez disso, usou brincos longos que, embriagados do seu ritmo, abusavam do meu colo nu. Usou um anel. E uma gota daquele perfume. Abraçou a *pavlova* e suspirou morangos e merengue.

Decidida, tocou a campainha.

Ele abriu a porta do apartamento.

Vestia sobre a roupa um avental preto, revelando-o longilíneo.

Seu olfato foi acariciado pelo aroma vindo da cozinha, enquanto Chet Baker ocupava-se da sala. O olhar dele invadiu seu corpo e penetrou seus olhos, inebriando-a de vinho. Fez um movimento brusco com a cabeça para o lado, ordenando-a que entrasse. Ela deu dois passos convictos para frente, beijou-lhe os lábios, e ele beijou-lhe a boca. Inteira.

Na sala de jantar, a mesa já estava posta. Uma toalha branca, talheres de prata, pratos brancos com desenhos de frutas em suave relevo. Guardanapos de tecido branco. Flores.

Foram para a cozinha, onde terminava de preparar o *bouef bourguignon*, uma especialidade dele, herança dos tempos que morara em Paris. O *bouquet garni*, na panela de ferro, emanava perfume de salsa, folhas de louro e tomilho, temperando a carne bovina cozida no vinho.

O vinho colore, também, o limite da taça. Brindam.

Com uma faca de lâmina larga, ele parte cogumelos frescos. Despeja-os nas borbulhas avermelhadas. Convida-a para sentir de perto o aroma, contornando-lhe a cintura com o braço. Forte.

Os rebentos aromáticos escapam da massa semi-sólida fervendo vermelha.

Coágulos.

A faca descansa sobre a pia.

Logo adiante, a espiral de metal do saca-rolhas recentemente usado.

Ele diz algo, não ouço, ela sorri.

Continuo sem ouvi-lo.

Seu olhar denuncia a intenção de aproximar-se, desvio-me; ela completa a taça de vinho.

O meu olhar não retorna ao dele.

Fujo para o outro lado dos azulejos suados.

Os olhos dela escalam a parede onde há um suporte plástico. Há uma tesoura de aço, com pontas, pendurada nele.

Outro gole de vinho. Minhas mãos na traça. Os olhos dela em direção ao brilho da tesoura.

Ele vai para a sala trocar a música.

"Supertramp. Gosta? Fique aqui, ouvindo, vou montar nossos pratos. Quero servi-la.".

Minhas mãos queimavam. Minha boca travara-se, tão seca. Sentia-me na interrupção abrupta de um sonambular.

Seria fácil ligá-lo a mim! Galerista. Também tem o porteiro, as câmeras. Imploro por dentro a ela que não. Não dessa vez. Com esforço os dedos desvencilham-se das alças insistentes da tesoura. Deixei-a sobre a mesa.

Abro a porta.

Parti, ofegante.

O amanhecer é escuro e gelado como o que há dentro de mim, e a matiz do dia traduz a elegância do tédio.

Na copa, não me sento, mastigo um pedaço de torrada com manteiga, tomo um gole de café.

Sebastião liga-me acabrunhado. Um incêndio havia destruído parte de nossa reserva de mata virgem. Controlado o fogo, rogava por minha presença.

Investiga-se ainda a causa do feito, em época de seca, qualquer fagulha queima, incendeia. Talvez uma ponta de cigarro jogada da estrada. Uma centelha de queimada criminosa das áreas próximas de cultivo de cana.

Vejo-me novamente na estrada rumo ao lugar do meu resguardo, onde me asilo. A distância massageia-me os ombros, desce pela minha cabeça desalinhando os cabelos, arrepiando-me a nuca, percorre os quinhentos quilômetros dos meus membros num lento amornar e, por fim, como um rolo compressor, vem trazer a ilusão de chão aos meus pés descalços.

Devia ser por volta das 15 horas quando cheguei em Meridiano. Passei direto pela cidadela. Havia uma névoa envolvendo as pessoas que morosamente transitavam na porta do mercadinho. Ou, talvez, fossem meus olhos que ali projetavam minha noite mal dormida.

O sol ardia no posto de gasolina.

Cruzei a linha do trem.

O sítio fica logo ali, mas há um peão no meio da estrada de terra conduzindo uma boiada de gado nelore. Preciso passar devagar no meio deles, alguns animais param e se encostam à beira do barranco, outros mais ariscos, agitam-se em tom de ameaça. Há também os quebra-molas, os buracos, as poças d'água e as histórias que pairam na poeira da paisagem.

Mais adiante, um bafo quente entra pela janela aberta do carro. Ligo o rádio e ouço música sertaneja, aquele dizer ingênuo, ambienta-me no campo, amacia-me o pensamento.

Cheguei no sítio antes do previsto e Sebastião estava ausente. Servi-me de uma limonada que me aguardava na geladeira. Sentei-me na varanda fresca. Ao meu lado, uma cadeira vazia. Sentávamos aqui, ao pôr do sol. Por que me machuca o passar do tempo? Ou não existe tempo passado? Há um presente mais distante, outro mais recente, mas é sempre presente, tudo a todo tempo. Em todo tempo, lateja a dor que não passa.

Sebastião chega e caminhamos até sua casa. Ele desembrulha um pedaço de tabaco torcido e enrolado em corda. Do bolso da calça fina de tergal cinza, ele traz o canivete de aço inox com detalhes em madrepérola; era ainda menino quando o herdara do avô. Com ele fere e descama o fumo que armazena na palma da mão, depois o despeja na folha de palha, enrola-a na superfície da ponta dos dedos, leva à boca aquela gaita de palha recheada de tabaco picado, lambe a borda da folha com a ponta da língua e, com a saliva, cola-a no corpo do cigarro, encerrando a obra.

A fumaça trava-me os pulmões. Acomodei-me contra o vento e, protegida, assisti à *performance* da brasa encandecida em vermelho escarlate, alimentando-se do fumo negro envolto em palha bege, antes de serem cinza.

Na tragada, um tímido explodir de rojão. Dele, saltam chispas avermelhadas, acinzentam-se no ar e flutuam sem peso; ou caem ainda quentes sobre o peito de Sebastião, fazendo outro pequeno orifício na camisa de *voil* azul, já cheia de furos.

A enorme paineira tem a copa como teto de seu quintal de terra batida. Onde sua sombra não alcança, o sol nutre canteiro de mandioca branca, vermelha e amarela. Pouca verdura, pois as galinhas teimam em devorá-las mesmo protegidas por um cercado de arame ralo.

Na divisão dos pastos, acima da sede, o caminho do trator ladeia os bebedouros alimentados pela água fresca do poço artesiano.

Perto do açude, em um chiqueiro feito das estacas e dos mourões descartados nas reformas de cercas, porquinhos cor-de-rosa engordam a ceia de natal.

A casa é caiada de branco com barrado vermelho e chão de cimento queimado, com pigmento da mesma cor.

Apesar da água encanada, conservou-se o poço no quintal, também debaixo da copa da árvore já florida. Seu frescor arrasta-se para dentro da casa de telha vã.

Minha vista machucada do sol enxerga, do batente da porta, alguns potes de mantimentos na penumbra e o brilho esbranquiçado das panelas de alumínio empilhadas sobre o guarda-louças.

"Você me dá licença de eu fumar um cigarro por causa de que, eu vou te falar uma coisa: esse incêndio me desalentou! Se eu não estou aqui, não corro lá, não chamo o Tonim Mineiro pra me ajudar... Olha... Eu te juro pra você, o fogo tinha era comido tudo isso aqui! E ainda tivemos de ir na delegacia explicar que nós não tivemos nada com isso! Sabe o delegado? Aquele do cabelo vermelho? "

Ouço calada sua história. Digo que está tudo bem. Já passou e tudo terminou bem, sem grandes prejuízos. Todos estamos bem.

Dispensei Sebastião por dois dias. Sugeri que fosse para Jales, visitar os filhos. Queria ficar só.

Coloquei alguns ovos para cozinhar na panela antiga, feita de aço com alças de latão. Ferviam, quando um deles rachou e a clara semicozida vazou pela fenda como um cordão. Fiquei observando o fenômeno. Sempre me atraíram as rachaduras, as fendas, as brechas. O desconhecido escondido depois delas.

Fui remetida ao Pavilhão Broken Egg, em Inhotim, espaço em Minas Gerais, onde se encontra o mais relevante acervo de arte contemporânea no mundo. Faço parte da equipe de coordenação para a execução do projeto criado pelo Mago das Luminárias, como o alemão Ingo Maurer tornou-se conhecido. Esse Pavilhão, inspirado na geometria natural de um ovo, abrigará um auditório para realização de eventos e exposições temporárias de outros artistas, o que vem confirmar que existia mesmo algo de sublime depois das fendas, pois há, no Ovo de Maurer, assim como a rachadura que atravessa o ovo na minha panela, uma fissura contornando toda a instalação. No entanto, o emblemático no trabalho dele é o mistério que emerge da fissura, traduzido num feixe de luz, com o poder de revelar, ao anoitecer, os desenhos do horizonte. Da imperfeição da estrutura, o belo se faz presente. Talvez, fosse essa a razão do meu fascínio pelas rachaduras. "A luz pode ser usada tanto para o prazer como para a tortura", disse Maurer, que ama os insetos.

Me pus a pensar sobre isso, enquanto o ovo cozido queimava minhas mãos ao mesmo tempo em que eu ampliava sua rachadura...

"Tarde..." Uma voz inesperada fez-me derrubar o ovo no chão.

Homem moreno, pele marcada do clima quente da região. Conhecido de Sebastião, teria vindo à sua procura, queria comprar um carro de milho para dar ao gado. Enriquecer o trato.

Ele me ajuda a limpar o chão e, relutante, aceita um café.

Era a hora do amorenar do dia, os insetos vêm rodopiar nos bulbos das lâmpadas. Quando ele toca a xícara que lhe estendo, vejo uma mariposa pousada em sua mão; fiz um gesto brusco para tocá-la, mas antes que voasse, lentamente desapareceu. Fiquei estarrecida por alguns instantes; o homem não se moveu, apenas tomou-me a xícara das mãos e a levou a boca.

Eu o convido para irmos até o galpão, onde guardamos os tratores, as ferramentas e armazenamos alguns grãos. Seguimos a senda que os passos marcaram na grama estrela. Um resto de sol e um pouco de lua projetam-se no caminho.

As cobras agitam-se às margens do açude e sibilam, escarvando a terra por entre as moitas do bambuzal.

Sinto o pulsar das minhas entranhas carcomendo-me a essência em cada passo. Expulso mariposas com o braço. Caminho. O homem caminha. Apresso o passo, ele vem atrás. Ela já nos acompanha. Posso senti-la vislumbrando a carne do homem, triturada pela ensiladeira, jorrar vermelha e alimentar os peixes. Uma imensa imagem de peixe formado por peixes menores saltando em busca do alimento. Abrindo a boca escura, seu corpo se desfazendo em minúsculas partes de um quebra-cabeça.

Com as mãos tento expulsar as mariposas e ao mesmo tempo a afastar de mim.

Não!

Sebastião não havia deixado milho estocado. Nem na carroceria do trator.

Peço desculpas e peço para ele ir embora, mas ela diz "Não, espere um pouco. Venha comigo. " E o conduz por outro caminho, pelo meio do pasto, depois, pelo atalho que circunda o poço abandonado, coberto por uma tampa de madeira, no quintal de Sebastião. Ela pede a ele que remova a tampa, sob o pretexto de se certificar do nível da água. Ele remove um tanto. O suficiente. Ela o atinge por trás, na cabeça, com o cabo da enxada que trouxera do galpão. Ele cai sobre a abertura do poço. Ela o ilumina com o feixe de luz, o feixe de luz de uma pequena lanterna. O sangue brilha no preto dos seus cabelos lisos, escorridos. Antes de empurrá-lo para dentro do poço, ela ainda crava o canivete com detalhes de madrepérolas nas costas do homem, iluminando com a lanterna o corpo ferido, inerte.

As mariposas reconhecem a luz ao se movimentarem nas sombras.

Por algum tempo, que não sei, o corpo ficou ali, exposto ao feixe de luz, transumanado debaixo de um céu de estrelas fixas, coberto por um manto de insetos prateados pela lua que invadia as fendas deixadas pelos galhos da paineira.

Quando ela se foi, restou a mim, desesperada, cobrir o poço com a pesada tampa de madeira.

Em São Paulo, no hospital, descubro outro quadro de anemia. Hemorragia novamente. Meu útero já mal cabia dentro de mim. A última ultrassonografia não me dava outra opção senão a cirúrgica.

Durante o almoço com Mário, meu galerista, tive a súbita necessidade de deitar-me ali mesmo sobre as cadeiras do restaurante, desejei estar em minha cama aquecida. Minha pele ardia como se febril, meu fôlego tornou-se curto, interrompendo a fala. Fui levada para um centro de infusão, onde, por meia hora, recebi nas veias um coquetel de soro e ferro e uma intimação para voltar em quatro dias, assinado com a incredulidade do hematologista de que seria suficiente. "Acho que vai precisar de umas quatro aplicações, para chegar ao mínimo necessário para a cirurgia, se bem que, hoje em dia, nesse tipo de operação, não se perde mais tanto sangue." De fato, repeti o procedimento mais duas vezes. E me senti ótima, porém, a data da histerectomia estava marcada para dali a duas semanas.

Extirpar o útero de mulher que jamais parira? Sou chão batido em que a semente não germina, sou árvore maldita que não deu fruto, aguilhoada pela ardência da devassidão da infertilidade. O destino poupara-me a desgraça de gerar víboras, de ter, nas palmas, o enxerto fecundo de outra anomalia a perpetuar minha vileza. Jamais desejei reproduzir algo que não partisse de meu cérebro, dos meus sentidos, e a vida secou inopinadamente as minhas entranhas.

Creio que nem mesmo essa perda teria feito brotar de mamãe alguma compaixão. Podia vê-la encarregando-se de maneira impecável de todos os aspectos práticos e sociais da questão, desviando-se de meu débil olhar suplicante, como se desviara do serpentear dos meus bracinhos no encalço de si.

Um fiapo de mim alcançou pela frincha da veneziana o caminhar murmuroso de Andrew. Era mesmo seu desejo permanecer ali? Em minha fragilidade, sinto a dor da impermanência de Andrew... E o medo da permanência dele. Dores entrelaçadas.

E outras dores revivi antes da cirurgia.

Era sempre ela quem visitava papai no hospital. Quase inconsciente, ele se agitava e gemia. De pé, ao lado do leito, ela viu a vida desenredando-se dele. Como um pássaro sobre o qual se joga um pano, a vida buscava afoitamente livrar-se do corpo moribundo. Viu o pássaro agitar-se. Presenciou a labuta da ave para se desvencilhar da veste que já não lhe servia. Desejei não testemunhar o desfecho da luta. A morte deixa as pessoas bizarras, principalmente, as mais autoritárias. Seria constrangedor assistir meu pai humilhado ao sujeitar-se à morte, ao confinamento claustrofóbico de um caixão de madeira e de uma caixa de concreto alojada abaixo de seus pés, ou entregue às chamas que o reduziriam ao pó. Por isso, nessas horas, era ela quem ia. Sobretudo, seria aterrorizante vê-lo à mercê dos caprichos dos mais bem-aventurados, que ousaram sobreviver a ele e, não bastasse, decidiriam o destino de tudo que fora dele e do próprio resto de si.

As verdades e mentiras que protegera, tomara tivesse tempo de destruí-las. Ou tiranos fariam delas o que ele não queria, zombando de sua mórbida inércia.

Tão ridículos somos, vermes.

Era ainda o debater do pássaro, para sair debaixo de sua pele, que provocava nele aquela tosse e sacudia seu tronco magro, desprovido de músculos e, senilmente, manchado.

Súbito, ele geme entredentes "quero morrer" – soa como ordem. Expulsar a vida de si, para que ela não ouse deixá-lo. Determinar destinos. Esse prazer, sempre, fora exclusivo dele. E, depois, dela. Balbuciava o desejo de morte com o resto de autoridade que lhe restara. Enquanto tentava comandar a morte, o corpo de meu pai era trespassado pela ave que, enfim, partia.

Eu também parti.

Levei comigo o pássaro que herdara dele.

Inócua, a histerectomia livrou-me da protuberância mórbida, deixando-me ainda mais vazia. Os mesmos fantasmas vieram saudar-me em pesadelos, na volta da anestesia.

Estávamos em um lugar que não conhecia, um gramado imenso num único tom de verde, que brilhava. Uma árvore atraía-nos ao centro. Andrew e eu caminhamos até ela e, sob a copa, observávamos a beleza do emaranhado dos galhos. Apertei os olhos para protegê-los da luz que nos cegava ao invadir as lacunas da folhagem. Na nitidez das imagens seguintes, pude perceber o musgo que umectava cada ramo e os espinhos que passaram a brotar neles. Focando mais, vi camuflada, na ramagem espinhosa, o corpo e, depois, os olhos assustados de uma menina. Era eu menina, e quando me voltei para Andrew, vi papai com o indicador rijo calando a boca, impondo-me silêncio.

Depois estávamos, papai e eu, sentados à mesa de um restaurante; eu tinha uma linda flor vermelho carmim nos cabelos. A flor foi crescendo, pesando e tomando conta de mim, e fiquei novamente camuflada na ramaria cor de musgo da qual não podia me desvencilhar. Tive muito medo do que mamãe faria se isso estragasse meus sapatos pretos de verniz. Papai disse que não contaria nada. E brindamos outra vez, com guaraná.

Não tive coragem de contar a Andrew meus sonhos. Eu mesma não queria pensar sobre eles. Pra mim, são apenas o mote para meu próximo trabalho: "Camuflagem".

Ainda no período de resguardo da cirurgia, a palavra *camuflagem* estava impregnada em mim; no entanto, o efeito da anestesia fazia com que ela aparecesse pichada no muro mais distante da minha memória e, por mais que me esforçasse, eu não conseguia ler. Ela permaneceu ali e, ao tempo de sua nitidez, eu já havia voltado ao ateliê e buscava referências sobre o tema.

Abri meus *e-mails* e me deparei com os trabalhos de um artista que pretendia ser meu assistente. Embora não me desagradasse, nenhum desconcerto provocava em mim. Não desafinava, mas era desprovido de ousadia – um talento morno.

Volto à pesquisa.

Camuflagem: "...artifício utilizado por espécies animais para se protegerem de seus predadores e para se manterem imperceptíveis aos olhos de suas presas."

Manterem-se imperceptíveis.

Camuflagem.

Desta vez, não mordi a maçã. Pintei-a. Cobri toda a superfície com tinta acrílica para torná-la... imperceptível?

Ainda não sabia o que de fato movia-me naquele impulso, apenas que precisava de mais elementos cênicos. Uma banana, uma pera e uma laranja cortada ao meio. Arranjei-as numa pequena cesta de vime. O encerado natural da maçã e da pera tornavam minha tarefa um pouco mais difícil, assim como a acidez da laranja.

Verti tinta sobre a superfície de cada fruta e também da cesta, salientei as sombras e, por fim, sobre minha mesa, havia uma tela expressionista de natureza- morta; viva. Pintei a mesa e, cobrindo de tinta o papel que havia sobre ela, senti prazer em torná-lo imperceptível.

Assim passei alguns dias trancafiada no ateliê, transformando objetos, criando outras perspectivas dentro do mesmo lugar. Escondendo dimensões.

Usei a técnica do *trompe-l'oeil* às avessas. A ilusão ótica que causei não foi de criar, mas de omitir um plano. A arte ia além dos corpos que cobria de tinta, alcançava aquilo que eu fazia desaparecer. Inaugurava a dimensão oculta. O não existir de algo tão palpável que eu quase podia tocar a nata do breu, delicadamente, com a ponta dos dedos, e um ardor gélido calçava-me toda a mão.

Mandei chamar o pretendente a meu assistente, e o convenci de que seu primeiro trabalho comigo seria como modelo vivo numa obra. Ele aceitou na hora. E assim o cobri de tinta. Pintei diretamente sobre sua pele, dentro de suas orelhas; pintei seus cabelos, sobre a superfície de suas roupas, sapatos, óculos pendurados no colarinho da camiseta, pintei a poltrona onde ele se sentou e a parede e o chão, de forma com que tudo lembrasse uma tela. A realidade tridimensional se travestia de uma figura bidimensional. Eu podia *camuflar* objetos, pessoas, histórias, sentidos.

Passei a fazer instalações, adaptar peças, modelos-vivos. A pintura foge da tela e se efetiva nas pessoas e no ambiente.

Camuflei uma dimensão. Sim, tornei imperceptível uma dimensão.

Imperceptível, o que verdadeiramente existe.

O portal que levava à dimensão oculta estava aberto, eu bem sabia...

Naquele início de tarde, ao sair apressada para uma reunião, Luana, da equipe de assistentes, esqueceu o celular sobre minha bancada no ateliê. Notei e tive o impulso de avisá-la, mas, de costas para mim, ela andava apressada em direção à porta, tão rápido quanto me veio à mente a lembrança dela aflita, a repetir em voz alta a senha de desbloqueio do celular, sempre que ele teimava em não obedecer ao comando de seus dedos magros.

Silêncio.

Fiquei, por instantes, observando o aparelho cuja vulnerabilidade era tentadora. Mas não o toquei. Cobri-o com um pedaço de pano, encontrado no ateliê às pressas, mas que parecia não ter outra função senão aquela.

Tentava me concentrar de volta ao trabalho, mas já não conseguia.

Tranquei a porta.

De luvas, digitei os números cantados em minha memória e o aparelho iluminou-se. Respirei acelerado; sorri muda, excitada. Meus olhos correram pela pequena tela luminosa, embaralharam-se nos inúmeros ícones de diferentes aplicativos. Li algumas mensagens... Tolas, infrutíferas. Enfim, deparei-me com um aplicativo de relacionamentos, cliquei, não havia outra senha. Existiam alguns contatos de homens. Camuflada de Luana, retomei uma conversa com um rapaz cujo nome ela já mencionara. Ele pareceu surpreso, mas não se recusou a encontrá-la mais tarde para um chope. Pronto! Entreguei-me a ela, que apagou as mensagens. Deixou o celular no chão, como se ali Luana o tivesse deixado cair.

Ao cair da noite, dirigiu-se ao Bar Assembleia, na Vila Mariana. Luana havia comemorado o aniversário lá um ano antes, daí a escolha.

Pediu ao motorista do táxi para deixá-la em uma rua próxima. Caminhou alguns quarteirões. De longe, avistou as mesas e cadeiras de madeira dispostas na calçada, lampiões pendurados nas paredes externas do bar irradiando clarões amarelos; meia parede revestida de azulejos brancos. Seis vãos por onde se podiam avistar os clientes ao redor das mesas internas e ouvir o vozerio de amigos flanando na atmosfera despreocupada daquela esquina.

Como ela ainda não avistou o homem que buscava, escolheu uma mesa na calçada, pretende abordá-lo quando perceber que ele desistiu de esperar por Luana. Cada ato preparatório excita-a, o prazer acaricia sua pele.

Quarenta e cinco minutos passaram-se, o desconforto da cadeira dobrável inquieta-a e, até então, ninguém que se parecesse com o homem da foto.

Teria ele desmarcado o encontro pelo aplicativo? Desistiu? Pressentiu algo? Ou apenas um contratempo? Cretino!

Nos deixou sozinhas. Mas ninguém sabe. E não foi a nós que ele abandonou. Não somos Luana.

Ninguém vai saber que eu sou Luana. Eu não sou Luana. Não foi a mim que ele abandonou. Todos estão zombando de mim, da minha insignificância. Estão rindo de mim. Rindo por dentro. Muito!

– Ei, seu celular. Seu celular está tocando. – Foi alertada por um homem sentado à mesa ao lado. – Você está bem? – Ele perguntou.

Sem responder, e prendendo-o nos olhos, atendeu o celular. Era da equipe do ateliê informando-me que Luana havia sido atropelada e estava hospitalizada em estado grave. Tentei tomar as rédeas de volta, pensar em Luana, me preocupar com sua situação, mas ela desligou o telefone ainda com os olhos colados nos dele.

– Tudo bem? – Ele repetiu.

– Sim. Eu estava preocupada com uma amiga, mas acabo de receber a notícia de que está tudo sob controle. Acho que tenho um bom motivo para comemorar. Quer brindar comigo?

– Claro, agora. – Sorriu.

Ele era moreno, magro, olhos claros, barba rala; tinha uma falha significativa no meio da sobrancelha esquerda. Cabelos curtos, grisalhos, com alguma entrada dos lados. Também estava sozinho no bar. Quando ele se levanta, vejo que é alto. Belas mãos, notou, enquanto ele puxou a cadeira para sentar-se ao seu lado. Gosto de homens com dedos longos. Apresentou-se como Luana e camuflou-se nela.

Já somos tantas: " *Cheers!*"

Ela revestiu com espessa camada de barro o corpo trôpego ainda vivo. Camuflou-o ao pé da figueira brava em meio ao emaranhado de raízes e vãos. Tomou fôlego, limpou o nariz no antebraço e livrou a testa do incômodo de fios de cabelo. Coçou o rosto e o sujou de terra. Limpou as mãos na calça *jeans*. Com húmus e musgo, moldou relevos sobre os membros dele. Desfigurando-o, integrou-o à árvore. Como se polvilhasse estrelas no firmamento – como se fora eu –, cobriu-o de cinzas e de folhas secas, tal e qual também faria o vento. Ele era verdadeira escultura, parte da obra de arte esculpida pela natureza, pulsando no peito da Mata Atlântica.

A beleza enfatiza-se no limiar da morte.

Quando ele ainda emitia grunhidos de riso bêbado, já não tinha força para abrir os olhos, nem para alcançar o corpo dela com sua mão débil. Era só mais um ramo. Como parte dos ramos que somos, abraçara o destino que as razões superiores reservaram-lhe, as raízes inalcançáveis e a tosca mesquinhez de nossos sórdidos caprichos, de nossas dores camufladas.

Antes, ela havia ajeitado sua cabeça pendente e terminara de cobrir o braço e a mão que já não a buscava. Tinha entupido sua garganta de terra para não deixar aberto algum vão. E, antes ainda de cobri-lo todo de barro, pintou seu rosto e seus cabelos de lama marrom.

Cobriu com as pálpebras sua íris clara sem vida, na qual pouco antes ela vira refletido o farfalhar brilhante da fogueira, enquanto, com mãos camufladas, despejara na bebida o coquetel de entorpecentes vertido por ele no compasso da ânsia de possuí-la.

Instrutor de trilhas, ele sabia onde acampar na mata próxima à cidade de São Paulo, e ainda preservar a intimidade. Fora ele quem acendera o lumaréu visto em sua íris, e armara a barraca onde ninguém dormiu. Ao primeiro sinal do efeito da droga, quando ele ainda podia locomover-se, ela se levantou da beira do fogo para encostar-se provocante no tronco da vasta figueira, chamou-o. Com dificuldade, mas levado pela lascívia, ele se aproximou cambaleante. Conduzido pelas mãos dela, encaixou-se na cavidade perfeita a partir de onde iniciei a *performance* da camuflagem. Filmamos cada etapa. Aos poucos, ele faz parte da figueira sob a luz que brota da cavidade do céu envolto no véu de neblina da madrugada.

Brota do chuveiro água gelada. Com as pontas dos dedos, ela guia a torneira em busca do equilíbrio morno para nele entregar o corpo. Deixa-se molhar. Entrega-se ao líquido que vem envolto em cordilheira de vapor. Inclina o pescoço para trás e um rio vai nascendo do encharcar dos cabelos, percorre o meio das costas e deságua no contorno das nádegas. Os pequenos jatos d'água massageiam seu rosto, continua pelo pescoço, pelos ombros. Ergue as mãos, lentamente, para sentir o acariciar de outras gotas derramando-se pelo corredor dos braços, curvando-se no côncavo raso das axilas e, em único fôlego, avançarem sobre os seios, saltarem dos mamilos em suaves quedas d'água. Ela passa a se acariciar. Misturam-se, na altura do ventre, as águas dos dois afluentes e se perdem na mística obscuridade do sexo. Outro tanto, em enxurrada, afoga e acetina as pernas, enquanto os pés são submersos em águas calmas que, resignadas, escorrem pelas aberturas do ralo.

Visto o roupão.

Adormeço.

Fim da manhã gelada de sábado. O tempo havia mudado novamente. Acordo sufocada em opressão. Vazia. Um desanimo com a obra em andamento. Onde perdi a euforia? Por que não estou repleta de entusiasmo?

Num sobressalto, lembrei-me do celular de Luana. Apressei-me em me vestir e fui para o ateliê. Estacionei no lugar de sempre e entrei pelo portão lateral. Atravessei a recepção, as salas, subi as escadas, dispensei o elevador. Fui direto à mesa de Luana, onde, por último, tinha certeza, havia deixado o celular. Não o vejo. Cheguei mais perto, abaixei-me, vasculhei o chão. Nada. Ampliei a zona de busca e esquadrinhei cada polegada do salão. Sem vestígio do aparelho, imersa em desassossego, desci as escadas. Será que me confundi? Tantas coisas aconteceram desde ontem, será que o deixei na oficina? Sobre a bancada? Voltei a atravessar as salas; abri as portas de vidro, tentei correr pelo meio do gramado, mas o vento inclemente empurrava-me para trás, arrancava minha camisa, embaraçava os meus cabelos. Com os olhos semiabertos, caminhei determinada em meio ao desconcerto das bordaduras do jardim. Presenciei o açoite do colorido das bromélias, dos crótons cercados pelas moitas de cavalinha, todos misturaram-se na ventania ao uivo das diversas variedades de bambu; corri entre os tufos de cica alvoroçados pelo vento. A palidez da cinerária prateava-me e as perspectivas, sombrias como as folhas do coração-roxo, como uma profecia, escondiam-me o chão.

Nada!

Refaço o percurso, lembrando os acontecimentos da tarde anterior. Tenho certeza que fui a última a sair do ateliê. À beira da mesa de Luana, eu me vejo derrubando o celular no chão e indo embora. Poderia ter alguém na cozinha? No banheiro? Eu não saberia. Mas por que alguém viria até aqui e se apossaria do telefone dela? Não teria sido suficiente recolhê-lo e deixá-lo sobre a mesa?

Arrisco ligar para Luana. Como se quisesse ter notícias dela. Telefone desligado ou fora de área, diz a mensagem de voz.

Resolvo visitá-la no hospital. Mas já era tarde.

A morte de Luana fez esmorecer o ânimo dos demais assistentes e camuflou por algum tempo os últimos acontecimentos que pareciam ter saído do controle. Teria sido um nobre encerramento para meus trabalhos se, no decorrer dos meses seguintes, as mensagens do celular dela, escritas pelo homem que jamais chegaria a conhecer, não viessem a ilustrar o percurso da minha história.

Houve também uma carta Rogatória da Espanha. Eu teria que prestar esclarecimentos sobre um assassinato em Barcelona? Ou algo assim. Andrew vinha para o Brasil cuidar dessas coisas e de mim, a pedido de Mário.

O ateliê estava fechado por luto, e viajei para Ilhabela, no litoral norte de São Paulo. Um dos únicos municípios-arquipélagos marinhos do Brasil cujo nome faz-lhe jus.

Depois de dirigir por aproximadamente três horas, tomei a balsa; o barulho do motor ensurdecia-me, o cheiro de óleo *diesel* causava-me náuseas, desci do carro e fui buscar o perfume e a vista do mar, próximo ao gradil de proteção, de onde, por vinte minutos, assisti a ilha aproximar-se de mim com suas praias e o verde das montanhas. A névoa e o odor de maresia intensificam-se no cais e, ali, tentei camuflar uma espécie de afligimento.

Peguei a via principal, rumo ao centro, e parei no Pindá Iate Clube, outro refúgio, para onde vou quando não posso ausentar-me por tanto tempo, quando preciso estar só, e ao mesmo tempo perto.

Japão, assim que me viu, abriu o sorriso e os portões. Carregou minha mala até o apartamento 10, o que sempre reservo, no final do corredor, no térreo, de frente para o jardim.

Mais tarde, foi a vez de Zeti bater à minha porta, interrompendo minha leitura: "Está pronto o papelote com frutos do mar. Posso servir?".

E à mesa, ele mesmo torna a me perguntar: "Vai querer encomendar os biscoitos amanteigados de canela desta vez? A Preta vai fazer hoje.".

A Ilha sempre me embalou em seus braços, mas desta vez não consegui dormir bem durante toda a noite. Saí cedo pela manhã, caminhando sob um céu nublado despejando um chuvisco frio e ralo na areia lavada pela maré.

Quando vim para Ilhabela, pela primeira vez, eu devia ter uns vinte anos. Precisava desviar os passos do vermelho das estrelas do mar arfando na areia morna, e do negrume dos espinhos que se moviam na carapaça dos ouriços. O mar curava o inchaço dos calcanhares devorados pelos borrachudos, e a presença deles era indício da pureza das águas cristalinas do rio que ainda corre aos pés das cachoeiras.

Hoje, caminho entre restos de algas enroscadas em gravetos e em sacos plásticos. Caminho de encontro à rebentação, exponho-me à agressividade de um oceano irascível. Olho ao longe. No meio do mar, uma solidão enorme. O pânico golpeia-me. Deixo-me na água. Como um argonauta, crio em torno de mim uma concha fina e, fico ali, no ninho dos cavalos-marinhos.

À noite, fui até o centro da vila, caminhando pela calçada estreita da avenida-iluminada pelos faróis dos carros sujos de areia. A brisa que acompanhou meus passos era fresca e úmida e tinha uma suave fragrância de mar. Já nas ruelas principais, onde lojas e restaurantes estão iluminados, a atmosfera era abafada por aromas de preços e sabores variados. A visão do horizonte fora interrompida por um claustrofóbico aglomerado de corpos bronzeados.

Ouvi gritos.

Assisti impassível ao descontrole de uma mãe que, com a coluna inclinada para frente, encostava o nariz no nariz do filho e urrava, sacudindo-o pelos ombros. Ela gesticulava cólera e trezentos braços ameaçadores afastavam-se e retornavam para perto de seu tronco agora ereto. A cabeça balançava indignação e o menino, com as sobrancelhas quase alcançando o couro cabeludo, chorava. Ygor teria se intrometido naquela briga, não tinha importância se era entre mãe e filho. Aliás, ser entre mãe e filho era um agravante à situação e uma motivação determinante para que ele se intrometesse; era um filho-criança, sob o abuso de uma mãe, talvez exausta? Enxerguei Ygor aproximando-se daquela mulher em franca histeria; de costas para mim, com a mão esquerda, ele tocaria o ombro direito dela. Ela olharia para ele assustada, ainda fora de si. E antes que ele terminasse de questioná-la sobre a violência empregada, ela perguntaria como ele se atrevia a se meter em bronca de mãe, alegaria ter todo o direito de fazer qualquer coisa pelo bem do pirralho teimoso que mal criou. Em tempo, pretendia ensinar ao filho a se comportar melhor, nem que fosse na porrada, e advertiria Ygor para afastar-se imediatamente, sob pena de tomar também. Diria isso, arrancando do ombro o peso de sua mão quente. Todavia, a cena não acabaria aí, ele entraria na frente dela e dando as costas às suas verdades e ao menino, ficando de lado para mim, continuaria insistindo, pelo seu senso pueril de retidão e justiça, pela idiotice e pretensão de querer resolver a vida dos outros ao seu modo e ao seu tempo. Por sua maldita altivez! Sua imperdoável mania de se meter na vida dos outros. De se meter em problemas de mãe e filha. De se meter na minha vida! De se meter... Entre mim e mamãe? Não... Não! Eu não tive culpa. Papai disse a mim que eu não tive culpa.

Eu não tive culpa!

Tive meu grito sufocado pelo estampido da queima de fogos do navio que partia de Ilhabela.

Meia-noite.

Corri grande parte do percurso de volta ao hotel. Corri para longe do espetáculo de despedida que gostava de assistir da areia, acenando, fantasiando as histórias de cada tripulante e a minha também.

Corri, ouvindo Ygor declamar aquele poema francês.

Um líquido morno encharcou meus olhos turvando a visão, abriu veredas geladas pelo vento em minha face, desceu pelo pescoço, umedeceu-me o colo. Um tanto molhou-me o ouvido; senti... Senti meu rosto e meus olhos de onde brotavam mais e mais lágrimas, e ouvi ecoar, em lágrimas, os versos que não chorei.

Partir, c'est mourir un peu,
C'est mourir à ce qu'on aime:
On laisse un peu de soi-même
En toute heure et dans tout lieu.

C'est toujours le deluil d'un voeu,
Le dernier vers d'un poème;
Partir, c'est mourir un peu,

Et l'on part, et c'est un jeu,
Et jusqu'à l'adieu suprême
C ést son âme que l'on sème,
Que l'on sème à chaque adieu:
Partir, c'est mourir un peu...[2]

---

2. Rondel do adeus // Partir... é morrer um tanto / Aquilo que mais se adora! / Deixar em cada recanto / Pedaços da alma, a toda hora... // É o luto que se deplora / De um voto ardente; é de um canto / A última estrofe sonora! / Partir... é morrer um tanto... // Do adeus supremo na hora, / Quem parte, ao fundo quebranto, / Semeia a sua alma que chora // Nas gotas frias do pranto, / Em cada adeus, ao ir-se embora... / Partir... é morrer um tanto... (Edmond Haraucourt, em francês; trad. Álvaro de Campos)

Mamãe penteava meus cabelos. Eu estava sentada no banquinho da penteadeira, de frente ao espelho; meus pezinhos balançavam felizes e, vez por outra, batiam um no outro e, também, no corpo da penteadeira. Mamãe ralhava comigo, para eu ter modos, não podia riscar meus sapatos novos de verniz. Brilhavam, a luz refletia neles, eu os balançava de alegria e de beleza e me esquecia que mamãe tinha acabado de ralhar comigo e ela ralhava outra vez. De novo. Algumas vezes, eu não tinha esquecido, eu esbarrava no banquinho e na penteadeira de propósito porque eu gostava do grunhido que eles faziam em cada topada e gostava de como um pé colava rapidamente no outro e se afastava, como se balançassem na rede do terraço, nessas casas que tem rede e que tem terraço.

Fora papai quem me dera, naquela mesma manhã. Quando ele me acordou, eu sorri ao ouvir o farfalhar de papel de embrulho, sorri ainda de olhos fechados. Eram sapatos boneca, eu pensava "de boneca?", mas logo soube, aliviada, que eram "tipo" boneca, eram de menina, e eram meus!

Mamãe não queria me deixar usar aquelas meias brancas curtas, mas usei naquele dia, no dia do meu aniversário, com os meus sapatos novos. Não me lembro do meu rosto no espelho, nem de mamãe. Sinto o perfume dela, o toque transparente de seus dedos nos meus cabelos, a imagem do bailado dos meus pés com as meias brancas curtas e os sapatos pretos de verniz.

Uma discussão, um vozerio, choro. Um barulho indistinto atordoou meus sentidos. Meus sapatos novos respingados de vermelho e mamãe deitada aos meus pés, aos pés da escada, com a perna virada de um jeito esquisito; não sei onde foram parar seus sapatos. Eu usava os meus – sapatos novos – de verniz, que ficaram sujos. Mamãe não queria acordar para me ajudar a limpá-los. Ela ralharia comigo porque tinha sujado de vermelho o sapato novo de verniz. Preto. Brilhante. E quando a toquei, vi que tinha um lago vermelho de sangue morno tingindo o vestido e os cabelos dela. Falei baixinho: "Mamãe, me ajude!" Às vezes, quando eu falava assim, ela vinha. Mas, naquele dia, ela não veio, continuava olhando para aquele lugar onde moravam seus olhos, por isso ela não me via. Ela escondia lá tudo que era bonito, tudo que eu queria. Ela escondeu minhas meias brancas.

Eu não a deixaria tirar meus sapatos novos!

Foi por isso que ela caiu da escada?

Não lembro...

Papai disse que eu não tive culpa.

Nem ele.

Eu só queria que ela saísse logo da minha frente...

Ela gritava.

Eu gritava.

Papai gritou.

Eu gritei!

Papai mandou-me limpar os meus sapatos. Eu limpei com as mãos e depois limpei as mãos na beirinha do vestido dela. Fiquei com medo dela acordar, fiquei com medo do vermelho, e de ela estar zangada comigo. Acalmei-me quando vi que seu olhar ainda era o mesmo... E papai limpou os meus sapatos, dizendo umas coisas; que tudo ficaria bem... Que eu não dissesse nada a ninguém. Foi um acidente.

E enquanto mamãe dormia de um jeito estranho no sangue quentinho no chão de casa, papai e eu cantávamos parabéns para mim e bebemos guaraná.

Estava sozinha no refúgio do meu apartamento.

Minha alma sangrava como mamãe aos pés da escada. Como o jovem que vi morrer baleado na rua de São Paulo, na saída do hospital. Como as minhas hemorragias.

E novamente a imagem de Ygor, a intensidade de seus olhos, que eu amava; a felicidade a qual ele me expunha ao conduzir minhas mãos no buril, escavando, na madeira, esculturas de poemas. A chuva forte, seu pavor de tempestade, seus olhos estarrecidos... Eu guardaria segredo, como prometi a papai no dia do meu aniversário. Menos para Ygor – ele era o meu amor. Queria que ele soubesse tudo sobre mim. Era preciso confiar. Porém, num único empuxo vi submergir toda minha certeza. No estarrecer de seus olhos – a traição, as ameaças. Nos meus – o pavor, o desamparo, o pânico. Ao alcance do meu olhar, o buril...

Os sonhos, os desassossegos.

Passo as mãos pela discreta cicatriz da minha cirurgia... penso o que teriam tirado de dentro de mim? Que cheiro, que gosto teria?

Tomo remédio para dormir.

Estou no meu apartamento, ainda.
Levanto o olhar e ali estava ela.

Por favor, abra a veneziana. Ela pede com ternura.

Não havia mais para onde ir.

Aos poucos, ela toca as minhas mãos, sobrepõe seus dedos nos meus. E depois, nossos braços, e a imagem de nossos corpos se aglutinam num calafrio terno, finalmente um único foco nítido de nós; uno. Sou eu!

Um longo momento até nossos olhos fundirem-se e mirarmos o mais profundo abismo que já habitou em mim, agora, nessa união, uma lagoa plácida. Rasa.

Era eu, tão somente.

Caminho até a janela.

Avisto Andrew.

Ele vem apressado.

Por favor, abra a veneziana.

Está escuro aqui.

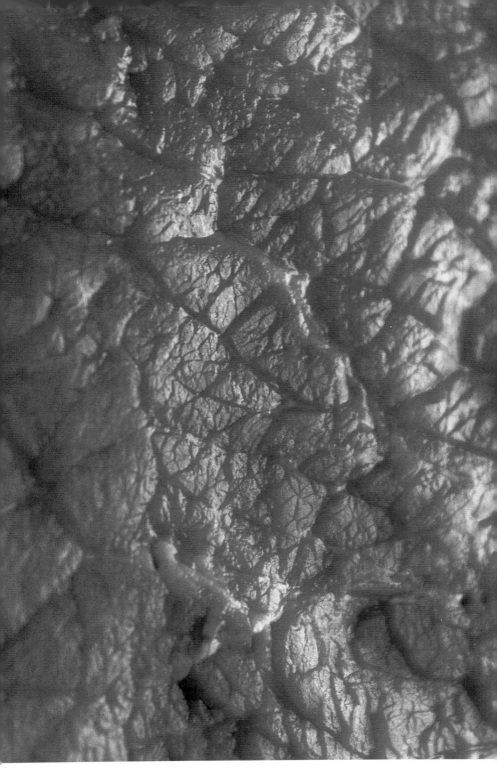

Esta obra foi composta em Sabon LT Std, e
impressa em papel pólen bold 90 g/m² para
Editora Reformatório em setembro de 2018.